' Gwyn eu Byd yr Adar Gwylltion '

JOHN IDRIS OWEN

GWASG GOMER
1984

Argraffiad Cyntaf—1984
Ail Argraffiad—1985
Trydydd Argraffiad—1988
Pedwerydd Argraffiad—1993

ISBN 0 86383 100 1

Dymuna'r cyhoeddwyr gydnabod cymorth a chyfarwyddyd Adrannau'r Cyngor Llyfrau Cymraeg a noddir gan Gyngor Celfyddydau Cymru.

Argraffwyd gan
J. D. Lewis a'i Feibion Cyf., Gwasg Gomer, Llandysul

Er Cof
Am Fy Nhad a Fy Mam

DIOLCH

Fe ddaeth y nofel i'r brig yng nhystadleuaeth y Fedal Ryddiaith ac fe ddatblygodd wrth ailysgrifennu. Yr wyf yn ddiolchgar am sylwadau adeiladol beirniaid fel y Dr John Gwilym Jones, Rhiannon Davies Jones, Branwen Jarvis, Yr Athro Bedwyr Lewis Jones a D. Tecwyn Lloyd. Credaf iddynt rhyngddynt hidlo brychau'r fersiynau cynharaf a rhoi imi hyder i fentro cyhoeddi.

Dymunaf hefyd ddiolch i'm cyfaill Gareth Pritchard Hughes am gywiro proflenni yn ddirwgnach.

PENNOD I

Mae'n debyg na ellid fy ngalw'n blentyn cwbl nodweddiadol. Nid bod nam amlwg ar na chorff na meddwl ond yr oedd i blentyn Tŷ Capel y dasg o ymgyrraedd at y syniad o berffeithrwydd oedd ym meddyliau capelwyr. O ganlyniad yr oeddwn, ar yr wyneb beth bynnag, wedi fy nieithrio ryw gymaint oddi wrth weddill plant cig a gwaed y pentref. A pha ryfedd a minnau'n byw'n feunyddiol yn sŵn daioni, Sul, gŵyl, seiat a chyfarfod gweddi. Dydi o'n hogyn bach ' hen ffasiwn ', dyna label ganmoliaethus oedolion arnaf am i mi fyw yng ngwynt ac efelychu sgwrs a nodweddion pobl mewn oed. Geiriau William Morgan a William Williams Pantycelyn oedd yn atseinio ac yn adleisio drwy fy meddwl, gwsg ac effro. Geiriau sêt fawr a phulpud oedd, o'u hailadrodd, yn dechrau magu ystyr, tra roedd cysyniadau fel gras a rhagluniaeth yn hofran ar fin amgyffred. Dyna un benyd cael eich geni a'ch magu yn unig blentyn mewn tŷ capel.

Ar y pryd doeddwn i ddim yn ymwybodol o na chyfyngiadau na phenyd. Yr oeddwn yn gwbl fodlon ar fy myd gan fod bywyd bryd hynny yn grwn ac yn gynnes fel nyth dryw bach. Tu mewn i'r nyth hwnnw roedd anwes cariad wedi ei lapio'n blu diddos o'm hamgylch. Nid yn unig cariad 'Nhad a 'Mam ond cariad a gofal cyfeillion a chydnabod cymdogaeth gyfan. Ynddo yr oeddwn yn perthyn. Roedd ei wead traddodiadol clos yn amddiffynfa i bersonoliaeth oedd ar fin mentro hedfan. Adeiladwyd y nyth ar gangen braff anghydffurfiaeth, a'r gangen honno yn ei thro yn ddarn o bren a wreiddiodd yn ddyfn yn naear Môn.

A thrwy dwll crwn agoriad y nyth yr edrychem ar y

byd mawr y tu allan. Golwg gyfyng unllygeidiog yn nhyb rhai, ac eto, o'r fangre yma gallem graffu ar bob modfedd o filltir sgwâr ein cynefin. Syllu, gwybod ac adnabod wrth fusnesa'n ffordd yn llawn cydymdeimlad drwy fywydau ein gilydd. Ac er bod y byw clos gwybod-popeth-am-bawb yn tueddu i fynd dan groen rhywun ar brydiau yr oedd yn ganmil gwell na difrawder a difaterwch cymdeithas fwy llac ei gwead. Gellid ein cyhuddo o fod yn gul ac yn fewnblyg ac yn ddall i ddigwyddiadau mawr y byd. Ar un ystyr digwyddiad ymylol oedd cyhoeddi'r Ail Ryfel Byd, digwyddiad a chynnwrf y tu hwnt i Bont y Borth nes i rai o hogia'r ardal orfod gadael cartref. Pan laddwyd Ned Glan Traeth yn Ffrainc a phan foddwyd Huw John Pen Eithin ar y môr mawr, fe ysigwyd ardal gyfan. Pobol fel yna oeddan ni, pethau'n perthyn i'r nyth oedd ein profedigaethau ni a galar llwyth oedd ein galar.

Ond nid galar oedd yn nodweddu dyddiau plentyndod. Roedd pob dydd yn llawn dop o argraffiadau. Sŵn côr y pentref yn morio 'Teyrnasoedd y Ddaear' drosodd a throsodd nes i gwsg roi taw ar denor, bas ac organ. Arogl coed a mwg sigaret ar ddillad gwaith 'Nhad. Blas cinio dydd Sul a gwep gweinidogion. Gerwinder ceinciau llawr y capel a Mam ar ei dwy ben-lin yn sgwrio nes bod ewyn sebon coch yn wyn cyn i'r clwt llawr ei sugno. Gweld llond capel yn ymryson eisteddfod dan enw Cylchwyl a chofio'r siom o golli a'r wefr o ennill. A theimlo euog-rwydd am y tro cyntaf am imi fentro i gwpwrdd gwydr y festri a chymryd cegiad o win cysegredig y cymun. Rhibidi-res o atgofion yn ymdoddi i'w gilydd yn nyddiau melyn, plentyndod, nes bod doe ac echdoe yn mynd yn un.

Cofio yr hen Richard Davies yn dod ar ei rawd i dorri bedd newydd yn y fynwent. Cnoc ar y drws a dyna lle bydda' fo, ei raw a'i gaib ar ei ysgwydd, a phiser enaml tolciog yn ei law.

"Fi sy' ma, Margiad Morris. Tomos Williams Bryn Glas wedi'n gadal ni. Ia wir, fel 'na ma' hi. Cofiwch chi, mi wyddwn i cyn i Dafydd Parri Saer alw acw toc cyn wyth y bora 'ma, o gwyddwn. Yr hen dderyn yn crafu crib y to 'cw. Byth yn methu. Mi wyddwn i rhwng dau a thri'n y bora fod 'na gorff yn yr ardal."

"Wel ia! Am i mi roi dŵr berw yn y pisar adag 'panad, Richard Davies."

"Ia, os byddwch chi cystal, ma' 'na de a siwgwr yn 'i waelod o. Mi alwa' i i'w nôl o tua deg."

"Raid i chi ddim trafferthu, mi ddaw Huw â fo ichi."

"Wel, thenciw mawr. Ia wir, fel 'na ma' hi."

Ac i ffwrdd â fo i gyfeiriad y fynwent.

"Be oedd Richard Davies yn ei feddwl wrth dderyn, Mam?"

"Coel gwrach . . ."

"Ia, ond mi soniodd am dderyn."

"Do. Mae Richard Davies fel llawar un arall yn credu mewn deryn corff. Deryn sy'n dŵad i roi arwydd os oes rhywun wedi marw yn yr ardal."

"Ydach chi'n credu mewn deryn corff?"

"Wn i ddim wir. Dydi hi ddim yn hawdd gwrthbrofi Richard Davies a'i debyg achos yn y nos maen nhw'n clŵad y deryn bob amsar, a fydd o byth yn dweud gair wrth neb ond wrth Dafydd Parri Saer . . ."

"Ond fe all fod yn wir?"

"Ar ôl byw mewn tŷ capel fe all myrdd o betha' fod yn wir."

Fi fyddai'n mynd â'r piser i'r fynwant bob amser. Yn rhyfadd iawn doedd mynwant ddim yn codi ofn arna' i nos na dydd. Wedi arfar mae'n debyg, arfar gweld beddi, arfar gweld gorymdaith cynhebrwng ac arfar gweld Richard Davies yn tyllu'n ddyfn i'r clai coch.

"Dyma hi'ch 'panad chi, Richard Davies, ac mae Mam yn gofyn leciech chi dafall o fara brith."

"Bara brith dy fam?"

"Ia."

"Wel diolch o galon iti Huw bach, ac i dy fam. Wyddost ti be', ma' well gin i dorri bedd yma ym mynwant Bethal nag yn lle'n byd arall. Dy fam, wyddost ti, sy'n gwneud y bara brith gora'n y Sir i gyd."

Erbyn hyn roedd Richard Davies wedi torri trwy'r dywarchen ac wrthi'n ceibio clai a cherrig. Rhwbiodd ei ddwy law yn nhin ei drowsus, tywallt 'panad i gaead y piser, a stwffio tafell o fara brith yn drwch o fenyn i'w geg.

Nid fod pob rhan o 'mywyd yn troi o gwmpas crefydd a chapel, roedd ambell i ddefod yn perthyn i bobl y byd yn ogystal. Mae gen i go' byw am y diwrnod yr aeth Mam, Mrs. Jones Tan 'Rallt, Dic Bach a minnau i Draeth Coch i hel cocos. Codi'n blygeiniol, cychwyn am wyth er mwyn cerdded y tair milltir i'r traeth a dal y llanw ar drai. Cerdded, pob un yn ôl cryfder braich yn llwythog o fasgedi, pwcedi mawr a bach, hen lwyau a digon o fwyd a diod i bara diwrnod cyfan. Prin ein bod ni wedi cychwyn nad oedd Hannah Jones yn gosod y ddeddf i lawr.

"Cofiwch chi, chi'ch dau, peidiwch â rhedag a rasio ar hyd yr hen draeth 'na. Lle peryg' gythreul . . . gynddeiriog ydi o. Gwrandwch arna' i wnewch chi yn lle prancio o 'mlaen i fel dau oen blwydd. Dydw i ddim yn siarad ar 'y nghyfar. Marciwch chi 'ngeiria i, mi lyncodd y siglen sy' gyferbyn â'r *Ship* fuchas gyfan i'w chrombil, do ar f'enaid i . . ."

"Be' ydi siglen, Hannah Jones?"

"Hawdd gweld ma' hogyn ysgol Sul wyt titha'. Siglen ydi tywod sy'n sugno dyn ac anifail i mewn i berfadd y ddaear."

"Iesgob!"

"A pheth arall, byddwch yn ofalus o'r llanw. Unwaith y bydd o wedi dechra' troi mi ddaw i mewn fel cath i gyth . . . yn ofnadwy o gyflym, ac mae'n hawdd ca'l ych dal gin y môr. Felly, glynwch fel gelan ata' i wrth groesi'r tywod. Ydach chi'n dallt!"

Roedd hi'n daith hir i goesau Dic Bach a minnau ac roedd mam Dic Bach yn siarad pymthag yn dwsin ar hyd y ffordd. Yr oedd y ddau ohonom wedi llwyr anobeithio gweld traeth yn unman pan ddaethom i waelod gallt serth, ac ar amrantiad i olwg y môr. Dyma ollwng basged a phwced a rhoi gwib wyllt i gyfeiriad y tywod.

"Dowch yn ych hola, 'r ffernols bach . . . o ma' ddrwg gin i Margiad . . . y tacla bach, cyn i'r siglen na'ch llyncu chi i dragwyddoldab."

Gair pulpud oedd tragwyddoldeb. Mi stopiais i'n stond ac mi stopiodd Dic Bach hefyd. Doedd yr un o'r ddau ohonom yn rhyw siŵr iawn o'i ystyr, ond roedd bygythiad y gair, a'r brath yn llais Hannah Jones yn ddigon i'n troi yn ôl fel dau gi, a dwy gynffon rhwng eu coesau.

"Rŵan 'ta, pawb i dynnu'i sana' a'i 'sgidia'. Tyd yn dy flaen, Dic; rho nhw yn y fasged er mwyn y tad. Rŵan dilynwch fi, mi gadwn ni at y chwith nes dŵad at yr afon, fydd hi fawr uwch na'ch penlinia chi, ac mi ddown ni efo tipyn o lwc i ganol y gwlâu cocos."

Gwthiodd ymylon ei sgert helaeth yn ddiseremoni i waelodion ei blwmars. I ffwrdd â Dic Bach fel ergyd o wn a'i lwy yn ei law.

"Dic, mi chwipia i dy dî . . . ben ôl di os rhedi di unwaith eto. Rŵan cerdda tu ôl i mi a thria fihafio dy hun am unwaith. Dowch bawb, dilynwch fi."

A'i dilyn hi wnaethon ni ar draws yr afon nes cyrraedd cwr y gwely cocos cyntaf. Yno, rhoddodd Hannah Jones ei basged i lawr a rhoi hen lwy byglyd yn llaw Mam a minna'.

"Drychwch bawb, fel hyn ma' gneud."

Dechreuodd grafu wyneb y tywod efo'i llwy a chythru efo'i llaw chwith mewn lympiau yn y tywod. Roedd ganddi rythm esmwyth i'w symudiadau ac roedd llwy a llaw yn deall ei gilydd i'r dim.

"Fel arfar, mi cewch nhw'n glympia yn ymyl 'i gilydd. Peidiwch er mwyn y tad â chodi rhai bach ne' chawn ni ddim helfa'r flwyddyn nesa. Rŵan, ffwr' â chi."

Dechrau crafu wyneb y tywod nes llenwi pwced fach yn llawn o dywod a mwd ac ambell i gocosen. Mynd â'r helfa at bwll o ddŵr hallt a golchi'r cynnwys a gadael dyrnaid o gocos yn un o'r basgedi. Ailgychwyn, ac wrth lenwi pob pwced, âi'r gwaith yn fwy ac yn fwy llafurus. Fe ddechreuodd Dic a minna' fel lladd nadredd ond prin fod gennym ni hanner llond basged rhyngom cyn i ni laru a dechra cadw reiat. Pan oedd ei dwy fasged bron â bod yn llawn dyma Hannah Jones yn cyhoeddi seibiant i ginio. Fuo 'rioed well blas ar frechdanau a llaeth enwyn, er bod tywod yn crinsian rhwng ein dannedd wrth i ni slaffio'r brechdanau ŵy.

"Peidiwch ag yfad y llaeth enwyn i gyd, mi fydd yn dda inni wrth ddiod ar y ffordd adra'."

Edrychodd mam Dic Bach yn graff i gyfeiriad Llanddona.

"Awr arall o hel cocos ac yna mi fydd rhaid inni 'i chychwyn hi. Mae'r llanw ar fin troi. Dic, helpa di Huw a Mrs. Morris . . ."

"Hei Huw, drycha ar fy llwy i. Ma' hi'n sgleinio fel swllt newydd."

"Dyna pam ddaethon ni â hen lwya. Dowch rŵan, styriwch ne fydd gin mam Huw fawr o gocos."

O fewn llai nag awr dyma Hannah Jones yn ein galw ni i gyd ati.

"Drychwch, mae'r llanw wedi troi, mae'n well i ni fynd fel fflamia i gyfeiriad Min y Don. Mi gariwn ni'n dwy'r cocos ac fe gewch chi'ch dau gario'r llwya' a'r pwcedi a gweddill y llaeth enwyn."

Casglwyd y gêr ynghyd a dilyn ôl traed Hannah Jones ar draws y traeth gwlyb nes cyrraedd waliau Min y Don. Aros yno i sychu traed a gwisgo sana' a 'sgidia', sychu yng ngwres tanbaid yr haul ac yna gwisgo cyn cychwyn yn llwythog. Dringo'r allt serth a Dic Bach a fi'n newid llaw bob canllath am fod handlen y bwced yn brathu i mewn i'n dwylo ni. Yr oedd y daith adref ganwaith hirach na'r daith i'r traeth ac fe roddodd baich a gwres a dringo gelltydd daw ar huodledd hyd yn oed Hannah Jones. Doedd dim i'w wneud ond canolbwyntio ar orfodi'r droed dde i ddilyn y droed chwith hyd dragwyddoldeb. Chwynodd neb pan gafwyd pum munud bach ym môn clawdd i lowcio'r llaeth enwyn. O'r diwedd fe ddaeth Tŷ Capel i'r golwg gan symud yn boenus o araf i'n cyfarfod. Pan oedden ni ar bwys wal y fynwent fe ollyngodd Hannah Jones ochenaid o ddyfnderoedd eithaf ei henaid a gollwng dwy fasgedaid o gocos ar lawr yr un pryd.

"Wel, dyna ni. D'wrnod i'r brenin. Hwdwch, cymrwch chi hannar rhain. Ma' na fwy na digon i ni'n dau yma."

Llwythodd fasged mam i'r ymylon ac er i Mam geisio ei darbwyllo, doedd dim yn tycio.

"Cofiwch chi 'u golchi nhw'n iawn i ga'l gwarad â'r tywod, a'u berwi nhw nes y bydd ceg pob cragan wedi agor. Wedyn digon o finigr ac mi gewch sgram iawn i swpar."

"Wel does gin i ond diolch i chi, Hannah Jones. Doedd gin i ddim syniad ble i ddechra' chwilio am gocos . . ."

"Mae i chi groeso, 'mechan i. Pawb at y peth y bo, dyna fydda' i'n 'i ddeud. Wyddoch chi, mi rydw i'n nabod yr hen draeth 'na cystal . . . wel cystal ag y gwyddoch chi'ch Beibil, ac yn gwybod am i dricia fo i gyd. Ty'd Dic Bach, mi gei ditha lond dy fol o fwyd môr. Does 'na ddim byd tebyg i gocos i hogia' ar 'u prifiant nac ar gyfar gŵr llipa o ran hynny."

Trodd Hannah Jones a Dic Bach i gyfeiriad llwybr y fynwant ac fe aeth Mam i'r tŷ a disgyn yn swp blinedig i'r gadair freichia' fawr.

"Mam?"

"Be?"

"Be' oedd Hannah Jones yn 'i feddwl?"

"Be' oedd hi yn 'i feddwl be'?"

"Bod cocos yn betha' da i ŵr llipa."

"Hidia di befo."

Saib hir.

"Mam, lle ma' tad Dic Bach?"

"I ffwrdd yn rh'wla."

"Ia, ond yn lle?"

"Ŵyr neb yn iawn lle mae o."

"O. Ma' hi'n hen i fod yn fam iddo on'd tydi? Mae hi lot hŷn na chi."

"Plentyn wedi'i fagu ydi Dic Bach, Huw . . . nid Hannah Jones ydi 'i fam iawn o."

"Wel does ganddi hi ddim gŵr chwaith. Lle ma' gŵr Hannah Jones a mam go iawn Dic Bach?"

"Dyna ddigon o dy holi di am heddiw . . . Ty'd, mi olchwn ni'r cocos 'ma efo'n gilydd. Mi fydd dy dad adra' gyda hyn ac ma' o'n sgut am bryd o gocos."

Buom yn hidlo'r cocos nes bod pob gronyn o dywod gweladwy yn glir o bob cragen a'u gosod yn y sosban fawr yn barod i'w berwi ar y pentan.

"Mam?"

"Be' rŵan?"

"Dydi merchaid ddim i fod i regi yn nac ydyn?"

"Dydi rhegi ddim yn gweddu i ferchaid na dynion."

"Ma' Hannah Jones yn rhegi lot wyddoch chi. Tasach chi'n 'i chl'wad hi'n arthio ar Dic Bach pan fydd hi wedi colli ei thymar . . ."

"Mi wn i. Dydi hi'n meddwl dim drwg ac ma' hi'r beth ffeindia dan haul."

"Ella 'tasa hi'n dŵad i capal amball waith y b'asa hi'n dysgu peidio tyngu a rhegi."

"Paid â bod yn rhy lym arni hi. Mae 'na bechoda gwaeth, wyddost ti."

A dyna'r cyfan ddwedodd hi. Bryd hynny roedd pethau mor fendigedig o syml yn fy meddwl. Pechod oedd pechod a doedd 'na mo'r fath beth â graddfeydd o bechodau. A fedrwn i ddim derbyn bod y fath beth â ' phechodau gwell ' a ' phechodau gwaeth '. Roedd canllawiau gweinidogion a blaenoriaid ac athrawon Ysgol Sul a'u dehongliad a'u hesboniad hwy o'r ysgrythur mor unplyg Fethodistaidd fel mai dau fath o blant oedd, plant da a phlant drwg. Yr oedd Dic Bach a'i fam yn torri'r rheolau, ac er cystal oeddynt am hel cocos, pobol y byd oeddan nhw.

Ac eto, mi roedd 'na ramant ym myd Dic Bach a Hannah Jones ac wrth i flynyddoedd fynd heibio fe beidiodd canllawiau â bod mor gadarn. Doedd da a drwg bywyd ddim yn ddu a gwyn ond yn gymysgfa lachar o holl liwiau'r enfys, heblaw i fab tŷ capel. Roedd disgwyl i mi gario baich fy rhinweddau i bob man, bod yn ddetholiad o emynau, yn gatalog o adnodau ac yn batrwm cwrteisi ac arferion da. Ni fyddid yn fy mesur i gyda'r un llathen â phlant eraill. Peidiwch â chamddeall, yr oeddwn i wrth fy modd yn disgleirio yng ngŵydd oedolion, yn ennill arholiad neu'n cymryd rhan mewn gwasanaeth capel; yr oeddwn ar yr un pryd yn dyheu am y llecyn llwyd rhwng du a gwyn, ac yn fwy na dim, am gael fy nerbyn yn ' un o'r hogia '. Ond cyn cael bod yn un o'r hogia' roedd yn rhaid i mi fy mhrofi fy hun, ac roedd gofyn gwneud hyn heb godi gwrychyn aelodau capel. Fe fu byw'n feunyddiol yn sŵn geiriau a defodau crefydd a chlywed pregethau a phrofi seiadau yn gyfrifol am lunio cydwybod y tu mewn i mi. Nid nad oedd gan blant eraill gydwybod ond bod fy un i wedi datblygu beth wmbredd yn fwy, yn gymaint felly nes bod rhai o'r hogia'n meddwl 'mod i'n llwfr. Cyn hir, er mwyn cadw hunan-barch, mi fuo gofyn i mi brofi fy hun.

Prynhawn braf ddiwedd Awst oedd hi tua diwedd gwyliau ysgol a minnau'n digwydd cerdded i lawr Allt Wen pan ddeuthum i wyneb yn wyneb â Robin Starch. Roedd Robin bron i dair blynedd yn hŷn na mi. Llysenw'r teulu oedd Starch am fod nain Robin wedi bod yn golchi ac yn smwddio pan fuo hi'n gweini yn y Plas flynyddoedd yn ôl. Anaml y gwelwn i Robin ar ffordd Allt Wen gan 'i fod o'n byw mewn tŷ cyngor ym mhen draw'r pentra' ar y ffordd i Langefni. Hogyn tal cryf oedd o, a phêl-droediwr gorau'r gymdogaeth, eisoes ar lyfrau Bangor a sgowtiaid o Lerpwl yn dŵad i'w weld o'n gyson.

"Dew, Huw bach Tŷ Capal! Be' 'ti'n 'neud? Hel at y Genhadaeth?"

"Naci. Mynd am dro, dyna i gyd."

"Dwyt ti ddim ar frys i fynd adra' felly?"

"Nac 'dw, pam?"

"Mi rwyt ti'n lwcus. Wyddost ti be wel'is i ar fy ffordd wrth gerddad?"

"Na wn i . . ."

"Fala', Huw bach. Llond blwmin perllan o fala' cochion, a phob un o fewn cyrraedd."

"O."

"Dwyt ti ddim am ofyn ble?"

"Dyna oeddwn i ar fin 'i ofyn."

"Wel mi ddeuda' i wrthat ti. Dros ben wal Magi Mary Ty'n Gwyn."

"O!"

"Wel?"

"Wel be?"

"Wyt ti'n gêm?"

"Gêm i be?"

"Iesu gwyn, Huw Tŷ Capal, mi rwyt ti'n gythral bach diniwad. Ma'n nhw'n aros yno'n gofyn amdani hi. Dim ond i ni sefyll ar ben wal a helpu'n huna'n."

"Dwyn fydda' hynny."

"Dwyn ddiawl. Wyddost ti mo'r gwahaniaeth rhwng dwyn a helpu'n hunain? P'un bynnag, os na chymrwn ni nhw mi fydd yr adar yn siŵr o'u ca'l nhw."

"Ond ma' Edward Jones Ty'n Gwyn yn flaenor yn capal a . . ."

"Ddim rhaid iti boeni, was. Mi gwel'is i o'n mynd yn y car efo Dafydd Pritchard Pendalar i'r sêl warthaig yn Llangefni. Mi fydd yno am awr arall o leia'."

"Ond mi fydd hi yno."

"Pwy? Magi Mary! Dwyt ti 'rioed 'i hofn hi?"

"Na, ddim ofn . . ."

"Gwranda mêt, ma' hi mor fyddar â phostyn giat Lôn Bost ac ma' hanner 'i marblis hi ar goll."

"Ella hynny, ond dydi hi'n colli dim. Mi ddylwn i w'bod, ma' hi'n galw'n tŷ ni bob nos Sul yn llawn straeon. Ma' hi bownd o ddeud wrth Mam."

"Rargian, mi rwyt ti rêl cachwr."

"Ddim ofn sy gin i Robin. Dwyt ti ddim yn dallt."

"Dallt yn iawn. Dos o 'ngolwg i, 'r hen sinach bach. F'aswn i ddim wedi trafferthu gofyn iti 'tasa 'na rywun arall ar ga'l. Y cyfan oedd isio'i neud oedd sefyll ar ben wal . . . uffarn dân . . ."

"Aros Robin . . ."

"Wel . . .?"

"Os g'na i be' ti'n ofyn, ga' i gêm efo tîm hogia'r pentra?"

"Wel, rhaid iti fod yn chwaraewr go dda . . ."

"Plîs, Robin. Un cynnig."

"Un cynnig 'ta. Mi gei di ddŵad i Gae Graig fora Sadwrn nesa, ond mi fydd raid iti haeddu dy le yn y tîm."

"Mi ddo' i 'ta."

Doedd Robin ddim wedi dweud y gwir i gyd. Roedd modd gweld yr afalau cochion o'r ffordd, ond er mwyn eu cyrraedd roedd rhaid dringo wal garreg uchel a darnau o wydrau miniog ar ei brig oedd yn ddigon i atal y dewraf. Hyd yn oed wedyn roedd mwy na chwe troedfedd at y gangen agosaf. Bu Edward Jones gybyddlyd yn delio â chenedlaethau o blant.

Taflodd Robin ei gôt gerfydd ei llawes nes ei bod yn disgyn yn dwt ar ben y wal.

"Ty'd, rho dy droed ar f'ysgwydd i ac mi coda' i di i ben y wal. Rho dy facha' ar 'y nghôt i rhag ofn iti 'u torri nhw ar y gwydra' 'na. Dyna chdi, coda dy hun ar dy freichia'."

"Fedra' i ddim cyrra'dd y fala, Robin."

"Wel mi fydd raid iti neidio 'n bydd."

"Wyt ti'n dŵad 'ta?"

"Na. Well i mi aros yma i gadw golwg. Mi ro' i arwydd os bydd rhywun yn digwydd pasio. Well i mi wneud y darn peryg. Pan glywi di chwisliad aros lle'r wyt ti heb symud braich na choes. Os gwaedda' i, rhed am dy fywyd. Rŵan, neidia."

Neidiais a chydio mewn brigyn i dorri fy nghodwm. Torrodd hwnnw efo andros o glec a syrthiodd cryn hanner dwsin o afalau ar fy mhen. Dechreuodd cŵn Ty'n Gwyn gyfarth. Cythrais yn yr afalau agosaf, eu stwffio i mewn i'm siwmper, a'u taflu'n barsel dros y wal i Robin.

"Go dda Huw! Brysia, dos i chwilio am 'chwanag."

"Ma' well i ni fynd, Robin. Ma'r cŵn wedi dechra' cyfarth."

"Paid â phoeni. Hwda, dyma ti dy siwmpar. Chlywith y jolpan yna ddim 'tasa to'r tŷ'n disgyn ar 'i phen hi. Aros, dal dy dir, ma' 'na rywun yn dŵad."

Fel y glaniodd fy siwmper fe ddiflannodd côt Robin gyda sydynrwydd. Ar yr un pryd dechreuodd Robin chwislo ' Calon Lân '. Arhosais yn fy nghwrcwd wrth fôn y clawdd.

"P'nawn da, Miss Jones. Diwrnod braf."

"O, p'nawn da. Wn i ddim wir os ydi hi'n braf ne' beidio. Ma' gas gen i dywydd mwll. Effeithio ar y fegin, 'dach chi'n gweld. Pwy ydach chi felly?"

"Robin, hogyn Samuel Roberts sy'n dreifio lori . . ."

"O, hogyn Sam Starch 'dach chi. Welsoch chi rywun diarth o gwmpas?"

"Naddo, Miss Jones, yr un cr'adur byw. Pam?"

"Y cŵn 'cw sy'n cyfarth. Fyddan nhw byth yn cyfarth heb reswm. Ma' rhywun wedi'u styrbio nhw, a Tada wedi mynd i Langefni i'r sêl."

"Ella' ma'r gwres sy'n 'ffeithio arnyn nhw."

"Na, cyfarth y berllan oeddan nhw. Ma' 'na rywun ynddi hi, coeliwch chi fi."

"Yn dwyn 'fala' ydach chi'n feddwl . . ."

"Tybad? Na, 'does 'na ddim lladron ffor' yma."

"Wyddoch chi ddim. 'Taswn i'n chi mi f'aswn i'n gollwng y cŵn i'r berllan. Mi fyddwch yn dawal y'ch meddwl nes y daw eich tad adra'."

"Ma' nhw'n gŵn ffyrnig, cofiwch. Mi larpian nhw neb sy'n tresbasu'n y berllan . . ."

"Dowch, Miss Jones, mi ddo' i i roi help llaw i chi."

Arhosais i ddim i wrando gweddill y sgwrs. Cydiais yn fy siwmper a rhedeg. Rhedeg ar hyd bôn wal drwy dyfiant y berllan, drwy ysgall a mieri ac er bod pigau'n rhwygo cnawd fy nghoesau ni theimlwn boen. Ymlaen nes cyrraedd gwrych ac ymwthio drwyddo. Syrthio bendramwnwgl i'r cae islaw. Codi a rhedeg i gyfeiriad y nant yng ngwaelod y cae a chamu drwyddi. Dal i fynd er bod mawndir glan yr afon yn sugno fy esgidiau. Dal i redeg er bod pigyn yn fy ochr nes cyrraedd min y ffordd ar ben Allt Wen. Aros yno'n swp blêr. Tynnais fy esgidiau, eu rhwbio yn y glaswellt, a'u gadael i sychu efo fy 'sanau yng ngwres yr haul. Ugain munud yn ddiweddarach fe gyrhaeddodd Robin yn cnoi afal.

"Hwda."

"Dydw i ddim isio un."

"Mi gyrhaeddaist ti'n saff felly."

"Dim diolch i ti."

"Wel y cythral bach anniolchgar. Pam wyt ti'n meddwl 'mod i wedi siarad mor glên efo'r hen Fagi . . ."

"A deud wrthi am ollwng y cŵn arna' i . . ."

"Mi roddodd hynny gyfla iti 'i heglu hi. 'Taswn i heb roi ryw hwb bach iti, mi fyddat ti'n dal yno, ne'n waeth byth, yn haffla Edward Jones a hwnnw'n dy dorri di allan o'r seiat. Hwda, b'yta'r afal 'ma. Ma' 'na flas gwell ar afal wedi'i ddwyn. 'Rarglwydd ma' golwg arnat ti. Mi'r wyt ti'n fwd ac yn waed i gyd. Well iti ddŵad lawr at yr afon i 'molchi."

"Mi fydd Mam yn siŵr o ga'l gw'bod."

"Aros di nes i mi orffan efo ti. Mi fyddi di fel newydd. A cofia di dd'eud wrth dy fam ma' hel cnau fuon ni."

"Ond . . ."

"Mi wn i ma' deud celwydd ydi hynny. Y celwydd

cynta fydd y gwaetha, mi ddaw'r lleill yn reit rhwydd wedyn."

Ac fe ddyfeisiodd stori i dwyllo Mam. A bod yn gwbl onest yr oeddwn i braidd yn siomedig gan na holodd hi fawr ar fy stori i. A ninnau wedi mynd i'r fath drafferth.

Y noson honno mi fûm i'n trybowndio yn fy nghwsg gan fynd drwy hunllef ar ôl hunllef. Un foment mewn gardd ffrwythlon ac yno yng nghanol yr holl ysblander fe safai Magi Mary Ty'n Gwyn, yn noeth heblaw am ei 'sanau yn fy nhemtio i fwyta o'r ffrwyth. Yr oeddwn ar fin derbyn pan ddaeth sarff enfawr a dechrau cyfarth wrth fy erlid drwy fforest o blanhigion.

Yna roeddwn i ar fy nwy ben-lin yn sêt y capel a llais Edward Jones Ty'n Gwyn yn llafarganu gweddi o'r Sêt Fawr:

"Gwarchod ni, o Dduw Dad, rhag y lladron rheibus sy'n ysbeilio ein da ni. Gad i ni nabod y Diafol yn ei amrywiol ffurfiau a bod ar ein gwyliadwriaeth yn feunyddiol. Amddiffyn ni, o Dad, rhag y blaidd sydd yn ymwisgo mewn croen dafad ac yn twyllo ei ffordd i'n haelwydydd ni . . ." a deffro yn laddar o chwys.

Mae'n debyg i Robin Starch gysgu fel babi blwydd drwy'r nos. Roedd angen mwy nag ychydig o afalau i ladd cydwybod hogyn tŷ capel.

PENNOD 2

Fel y tyfwn âi'r gwrthdaro mewnol rhwng safonau capel a 'ngofynion i fel unigolyn yn ffyrnicach. Nid fy mod i hyd yma yn gwrthryfela yn erbyn dysgeidiaeth y capel ond bod byw piwritaniaeth Sabothol saith niwrnod yr wythnos yn llethol. Rhwng cyfarfodydd ac ymweliadau ac ymarferiadau prin bod cyfle imi fod yn fi fy hun. Felly y bu pethau am blwc. Methu yngan gair wrth neb; ofn mentro sôn gair hyd yn oed wrth 'Nhad a 'Mam. Gwybod yn y bôn na fyddai'r un o'r ddau yn deall. Ac yna, ar ddamwain, mi ddois wyneb yn wyneb â John Jones, Tŷ Pren.

Hyd y gwyddwn i, fo oedd yr unig anffyddiwr oedd yn arddel ei ddiffyg cred drwy'r gymdogaeth gyfan. O leiaf, fe ddywedir iddo fynegi'n huawdl ond yn gwbl ddi-dderbyn-wyneb nad oedd na chapel nac eglwys na defodau Cristionogion yn golygu dim iddo fo. Aeth gam ymhellach yn ôl pob sôn a chyhoeddi mai ' rhagrithiwrs diawl ' oedd naw o bob deg o flaenoriaid capeli, ac mai hunan-orchest, neu ymgais i brynu polisi insiwrans i'r byd arall, oedd defosiwn mwy nag un ceffyl blaen crefyddol.

Nid dyna oedd ei bechod pennaf. Dewisodd fyw'n hanner meudwy gan gadw'i hun iddo'i hun, ac yr oedd hynny'n bechod anfaddeuol. Rhoes dirgelwch ei fywyd beunyddiol raff i dafodau a phorthiant i falais, ac ni chyfyngwyd malais i ddatganiadau pobl y byd. Gan nad oedd cymaint â chymaint o ffeithiau amdano, a chan na ddeintiodd yr un creadur dros drothwy ei gartref, nid oedd ffrwyn ar ddychymyg neb. O ganlyniad fe dyfodd John Jones yn gymeriad chwedl.

Yn ôl y genhedlaeth hŷn fe gafodd John Jones ei eni a'i

fagu mor naturiol ag unrhyw blentyn arall mewn bwthyn ar gyrion y pentref. Yna, fe fu farw ei fam weddw ac mi ddiflannodd John Jones am bum mlynedd ar hugain. Yna, wedi bwlch o chwarter canrif, daeth yn ei ôl i'r pentref gan aros yn y *Bull* tra bu adeiladydd lleol yn adeiladu ei gartref newydd. ' Argoed ' oedd enw'r bwthyn unllawr o goed ond fe'i bedyddiwyd o'r cychwyn cyntaf yn ' Tŷ Pren '. Lleolwyd Tŷ Pren mewn llecyn diarffordd ar fin clogwyn lle ceid golygfa fendigedig o fôr ac o draeth. Ni thorrodd ei gysylltiad â'r *Bull* ac ni thywyllodd le o addoliad, ac o ganlyniad, yr oedd ar restr waharddedig mab Tŷ Capel.

Mae rhyw hud rhyfedd yn yr anwybod, yn enwedig os oes rhyw elfen o waharddiad o'i gwmpas. Mi ddaeth John Jones yn sydyn iawn yn ffigur pwysig yn fy mywyd i er na fedra' i yn fy myw egluro pam. Doedd byw na marw na chawn i ddod i'w adnabod o. Prin iawn oedd y cyfle. Mae'n wir imi ei weld sawl tro yn siopa yn y pentra', neu'n cerdded yn dalog drwy ddrws ffrynt y *Bull*, ond fedrwn i ddim magu digon o blwc i siarad efo fo. Mi gwelais i o'n reit aml yn crwydro godre'r creigiau ond gweld o bell fyddai hynny'n ddieithriad.

Un p'nawn o haf, pan oeddwn i ar fy nhrydedd flwyddyn yn yr Ysgol Uwchradd mi benderfynais gerdded ar hyd bôn y creigiau o Foel y Gylfin tua Traeth Craig y Wennol, taith o bedair i bum milltir. Roedd rhannau o'r daith yn rhwydd, dim mwy na cherdded ar dywod a graean. Rhannau eraill yn glwstwr o fân greigiau sych a minnau fel gafr fynydd yn neidio o un brig i'r llall, y gwynt yn fy ngwallt a'r heli ar fy ngwefus. Yna roedd y darnau anodd, y llecynnau hynny oedd yn cael eu cyffwrdd yn gyson gan y môr nes bod gwymon gwlyb a llysnafedd gwyrdd ar wyneb carreg a chraig. Yr oeddwn wedi ymgolli gymaint ym mhleser y llamu nes imi anghofio cadw llygad ar y môr. Pan oeddwn islaw clogwyn Tŷ Pren mi sylweddolais bod y llanw wedi fy nal ac nad oedd llwybr o fath yn y byd at Draeth Craig y Wennol. Doedd dim i'w wneud ond dringo. Dechrau'n ddigon hyderus gan fod gafael da i law a throed a gogwydd y graig heb fod yn rhy serth. Fel y dringwn âi pethau'n fwy ac yn fwy anodd. Darn o graig yn bolio allan, cerrig rhydd mewn ambell hafn, ond pan oeddwn ar fin rhoi'r gorau iddi fe fyddai rhigol neu dwll yn ymddangos yn wyrthiol o fewn cyrraedd. Ambell dro gorfodid fi i ymgripio fel cranc i'r dde neu i'r chwith. Dechreuais fwynhau'r wefr o ddringo. Unwaith bu rhaid i mi roi sbonc er mwyn cyrraedd hafan a chydio wedyn yn llythrennol yn y graig efo deng ewin. Yr oeddwn i o fewn hyd corff i'r copa pan ddois ar draws slaben o garreg lefn oedd yn ymwthio allan nes torri ar draws fy llwybr. Edrychais i'r chwith. Dim. Edrychais i'r dde. Dim. Edrychais i lawr i'r trochion islaw a rhewais.

Wn i ddim am ba hyd y bûm i yno'n glynu wrth y graig fel llygad maharen. Yr oedd pob cymal yn fy nghorff yn dynn a phoen yr ymdrech yn brathu pob aelod. Fedrwn i wneud dim heblaw dal fy ngafael am ryw hyd.

Ac yna mi glywais i'r llais, llais tawel digyffro ond bod awdurdod fel dur yn ei dawelwch.

"Dal d'afa'l, 'ngwas i . . . Na paid â thrio symud. Dyna fo, ardderchog. Rŵan 'ta, rho dy ddwrn de yn yr agen na sy' yn y graig 'na wrth dy ochor di. Dyna'r hogyn . . . rŵan cau o'n dynn a rho dy bwysa ar dy ochor dde. Ymhen llai na munud mi deimli di rywbeth yn cyffwrdd dy ysgwydd chwith di. Paid â dychryn, rhaff fydd hi. Cydia ynddi hefo dy law chwith . . . ara' deg rŵan . . . dyna well. Dos â hi o dan dy gesail a thu ôl i dy gefn . . . na, paid â gollwng efo dy ddwrn de . . . ara' pia' hi. Dal y rhaff o dan dy gesail dde a dos â dy law chwith i gydio ym mhen y rhaff. Go dda rŵan. Mae petha'n edrach yn well rŵan. Un peth bach arall, mi rydw i am i ti wneud cwlwm dwbwl efo dy law chwith, gwna fo fel y bydd y rhaff yn dynn o dan dy geseilia' di, dyna fo. Un cwlwm arall i wneud yn siŵr. Rŵan ta, gollwng dy afael efo dy ddwrn de a chydia yn y rhaff efo dy ddwy law, pwysa'n ôl, a cherdda i fyny'r graig. Mi fyddi di'n berffaith saff, mae pen arall y rhaff gin i."

Gam wrth gam mi gerddais i'r chwe troedfedd i ben y clogwyn a syrthio'n swp wrth draed John Jones Tŷ Pren. Edrychais i fyw ei lygaid gleision.

"Be' gythral ddaeth dros dy ben di, hogyn?" Roedd pob arlliw o dynerwch wedi mynd o'i lais o.

"Ca'l 'y nal gin y llanw wnes i."

"Pam ddiawl na f'asat ti wedi troi yn dy ôl 'ta, 'r ffwlbart hurt."

"Mae hi dros ddwy filltir a hannar yn ôl i Foel Gylfin . . ."

"Dwy filltir a hannar wir! Mi fuo bron iti fynd i dragwyddoldab."

Ddywedais i 'r un gair.

"Mi wyddost be' ydi tragwyddoldab, 'ddyliwn?"

"Gwn . . . *infinity* yn Saesneg."

"Wel wyddost ti ddiawl o ddim am fôr a chreigia'." Distawrwydd.

"Hogyn pwy wyt ti?"

"Hogyn Dafydd Saer."

"Dafydd Saer . . . aros di funud . . ."

"Mi dwi'n byw yn Nhŷ Capal Bethel."

"O . . . Ma'n debyg dy fod ti'n disgwyl i haid o angylion ddŵad i dy achub di, i dy ddal di rhag i dy droed daro'r ddaear."

"Nac oeddwn, doeddwn i ddim yn disgwyl y fath beth."

"O, a dwyt ti ddim yn credu mewn gwyrthia', ta?"

"Ydw . . . hynny ydy . . . nac ydw."

"Rêl pobol capal. Ddim syniad be' ma'n nhw'n 'i gredu ac yn cymryd arnyn 'u bod nhw'n credu'r cyfan."

"Cablu ydi peth fel yna."

"Be', beirniadu pobol capal . . ."

"Naci, gwawdio temtiad Iesu Grist."

"Ella dy fod ti'n iawn, fachgen. Dwyt ti ddim yn fyr o dd'eud dy feddwl beth bynnag."

"Diolch i chi am fy achub i, John Jones."

"Raid i ti ddim, 'ngwas i. Cofia di beidio â gwneud peth mor wirion byth eto . . . Wyt ti am ddŵad i mewn am 'banad? Mi gest ti dipyn o fraw. Be' ydi dy enw di, dŵad?"

"Huw, Huw Morris."

Wrth imi ei ddilyn o dros y trothwy dyma fo'n troi a dweud:

"Nid pawb sy'n ca'l dŵad i mewn i Argoed 'ma, cofia di. Ma' pawb sy'n croesi'r rhiniog yma'n gwneud hynny ar fy nhelera' i. 'Chydig ar y diail sy'n ca'l y cynnig, dallt ti fi. Mae gofyn peidio bod yn ormod o drwyn, a gofyn mwy am ddysgu cau ceg."

Dilynais ef yn wylaidd ac yn llawn chwilfrydedd. Ches i mo'm siomi. Tra oedd o'n berwi'r tegell ar y stôf haearn ac yn paratoi 'panad, mi ges inna' gyfle i lygadu. Rhaid bod fy llygaid fel dwy soser. Welais i yn fy mywyd y fath gyfoeth o annibendod. Ogof Aladin yn llawn trysorau a hwythau yn bentyrrau hudolus ar fwrdd ac ar gadair. Prin bod modfedd o'r 'stafell heb fod arni rywbeth deniadol. Ac er mai anhrefn oedd yr argraff cyntaf yr oedd yma drefn. Trefn dyn wrth ei waith, trefn dyn oedd wedi ei amgylchynu ei hun â'r pethau a garai. Yno rhwng pedair wal ei ystafell fyw yr oedd pethau a graen arnynt, peintiadau cain yn sbloet o liw ac yn ddieithr eu harddull, cerfluniau, cerfiadau o goed,—a llyfrau. Llyfrau ar silffoedd, llyfrau ar fyrddau, llyfrau trwchus, llyfrau a'u cloriau lledr wedi'u goreuro, llyfrau agored a phapur sidan yn amddiffyn eu darluniau. Mi synhwyrais i heb ofyn fod John Jones yn gyfarwydd â phob un llyfr, pob darn o gelfyddyd gain.

"Hwda, yfad hon."

"By . . . be'?"

"Yfad y te 'ma tra mae o'n boeth."

"Diolch . . . Chi pia'r holl lyfra' 'ma, John Jones."

"Wel ia, w'sti. Wedi hel yma ac acw ar hyd 'y mywyd. Prynu yn ôl fy ffansi, dilyn fy mympwy fy hun. Wyt ti'n hoff o lyfra'?"

"Llyfra sych sy' yn tŷ ni."

"Ia, dybiwn i. Esboniada' a chasgliada' o bregetha'—ydw i'n iawn?"

"Ydach. Mi fydd 'Nhad yn 'u darllan nhw ond dydw i ddim yn meddwl i fod o'n mwynhau rywsut."

"Does dim rhaid i grefydd fod yn sych wyddost ti. Mi fydda i'n cael mwynhad mawr wrth ddarllan y Beibil, yn enwedig Llyfr Eseia."

"Wyddwn i ddim ych bod chi . . ."

". . . yn darllan y Beibil. Dyna gred pobol y pentra' a waeth iddyn nhw gredu hynny na pheidio. Darllan fydda i er mwyn pleser ac er mwyn cael gwybodaeth."

"Ydach chi wedi darllan pob un o'r llyfra' ma?"

"Do, fwy neu lai. Wedi darllan ambell un ddwsin a mwy o weithia'. Mi ddyla' dyn wneud amser i ddarllan. Wyddost ti be' ydi hwn?"

Cydiodd mewn llyfr a'i roi yn fy llaw.

"Wel, dydi o ddim yn Gymraeg na Saesneg na Lladin chwaith . . . ma'r llythrenna'n ddiarth."

"Ydi mae'r llythrenna'n ddiarth ond mi ddyla'r llyfr 'i hun fod yn ddigon cyfarwydd i ti o bawb . . ."

"Does gin i ddim syniad."

"Y Testament Newydd mewn Groeg ydi o."

"'Rargian, fedrwch chi ddarllan Groeg?"

"Fyddwn i ddim yn 'i alw fo'n ddarllan. Mi alla' i bydru drwy amball i iaith efo geiriadur wrth 'y mhenelin."

"Mi hoffwn i ddysgu ieithoedd a gwybod popeth sy' yn yr holl lyfra 'ma."

"Hoffat ti, rŵan. Pam d'wad?"

"Am i bod nhw'n agor drysa'."

"Creadur bach od wyt ti. Ond rhaid i mi gytuno, ma' llyfra'n betha' i'w trysori. Fyddi di byth yn unig tra bydd gin ti lyfr wrth law. Ac mi rwyt ti'n iawn, mae llyfra'n agor drysa' i fyd syniadau meddylwyr mawr y byd. Byd Socrates a Platon, byd . . . ond dyna fi ar gefn fy ngheffyl ac yn siarad lathenni uwch dy ben di. Heb arfar siarad efo plant wyt ti'n gweld. Heb arfar siarad yn iawn efo neb 'tai hi'n dod i hynny."

"Mi 'dwi'n meddwl mod i'n dallt . . ."

"O mi ddoi di i ddallt, paid â phryderu, mae mwy na digon yn dy ben di, ond iti beidio â mynd i ddringo creigia' ar dy ben dy hun."

"Biti nad oes 'na lyfra' fel hyn adra."

"Aros di am funud bach, hoffat ti ga'l benthyg un . . . be gawn ni d'wad. Glywaist ti sôn am Daniel Owen y nofelydd."

"Do, mi glywais sôn yn 'rysgol am Wil Bryan a Twm Nansi."

"Dyna'r dyn. Ddarllenaist ti un o'i nofela' fo?"

"Naddo."

"Wel aros di, mi ddechreuwn ni efo *Straeon y Pentan*. Mi gei di fynd â hwn efo ti adra, ac os byddi di'n ei hoffi o mi gei ddŵad yn dy ôl i nôl chwanag."

"Dew, diolch yn fawr."

"Ond ma' rhaid iti addo un peth . . ."

"Rwbath 'dach chi'n ofyn . . ."

"Ara deg rŵan, paid byth â gaddo gormod i neb. Mi rydw am iti addo'i ddarllan o'n ofalus o glawr i glawr."

"Mi wna' i hynny."

"Ac mi gei di roi dy farn ar y straeon i mi ar ôl iti ddarllan. Well i mi 'i lapio fo mewn papur llwyd, rhag ofn."

"Wna' i mo'i falu o, mi gymra' i ofal."

"Nid hynny oedd gin i mewn golwg. Rhyw feddwl oeddwn i na fydda' dy dad a dy fam yn cymeradwyo."

"Dydyn nhw ddim yn erbyn i mi ddarllan."

"Nac ydyn, ond dydyn nhw ddim yn debyg o fod o blaid John Jones, Tŷ Pren."

"Pam ma' pobol yn . . . wel . . . yn ych erbyn chi?"

Chwerthin wnaeth o, chwerthiniad mawr hudolus ac fe'm cefais fy hun yn ymuno efo fo heb wybod yn iawn pam. Dim ond teimlo rhyw lawenydd yn ffrwydro y tu mewn i mi.

"Ma' hi'n hen stori, Huw bach, ac ella y cei di gl'wad fy ochor i ryw ddiwrnod. Mi rydw i'n fath o ddihiryn i bobol yr ardal 'ma, yn dewis torri fy nghwys fy hun a bod yn wahanol. Dydw i'n hidio'r un botwm corn be' ma' neb yn i feddwl gyn bellad â mod i'n medru byw yn ôl fy newis a bod yn rhydd i fod yr hyn ydw i heb i neb 'yn llyffetheirio i . . . ac os ydi hynny yn golygu bod yn dipyn o feudwy . . . yn golygu bod yn John Jones, Tŷ Pren, dydi o fawr o bris i'w dalu. Hwda, cymar y llyfr 'ma ne' mi fydd dy dad a dy fam yn dechra' poeni lle'r wyt ti."

Wrth i mi gerdded y llwybr dros Bonc Tudur ar fy ffordd adref yr oedd eithin aeddfed yn clecian yng ngwres y p'nawn. Prin fy mod i'n ymwybodol ohonyn nhw gan fy mod dan gyfaredd John Jones, a sŵn ei eiriau yn clecian yn gyffrous drwy fy meddwl. Mi deimlwn fel pe bawn yn ei adnabod erioed, gallwn uniaethu fy hun efo fo, ac ar yr un pryd, yr oedd mor ddieithr a diamgyffred â'r dyfodol.

Pan gyrhaeddais y tŷ mi wnes beth od. Yn lle cerdded i mewn drwy ddrws y cefn i'r gegin, mi sleifiais i mewn drwy'r drws ffrynt, cuddio'r llyfr yn fy llofft, sleifio allan, a cherdded yn ymwybodol euog i mewn drachefn drwy ddrws y cefn.

"Lle buost ti. Ma' dy dad adra' er dros awr."

"Cerddad y creigia' o Foel y Gylfin wnes i."

"Mi wyddost ti o'r gora fod yr hen greigia' 'na'n beryg."

"Peidiwch â phoeni, mi wn i'n iawn be' dwi'n 'i 'neud."

"Ma' dy de di ar y bwrdd. Mi wna' i 'banad ffres. Pwy oedd hefo ti?"

"Neb. Pam?"

"Dim ond gofyn. Tyd at dy de ne' mi fydd hi'n amsar swpar."

A dyna gychwyn perthynas ryfedd rhwng hen ŵr a phlentyn. Ond nid fel hen ŵr yr edrychwn i arno fo, ac nid fel plentyn y teimlwn i yn ei gwmni o. Ar y cychwyn cynta' fe fu'n rhaid imi dwyllo rhywfaint ar fy Nhad a 'Mam a theimlo braidd yn euog wrth wneud hynny. Fel y tyfodd y berthynas fe beidiodd yr euogrwydd. Fedrwn i yn fy myw weld fy mod i'n gwneud dim byd o'i le. Daeth yn haws dweud celwyddau golau gan y gwyddwn na byddai'r naill na'r llall yn cymeradwyo'n agored i mi dreulio amser yng nghwmni John Jones, ac roedd bod yn ei gwmni yn diwallu angen oedd y tu hwnt i allu capel, aelwyd nac ysgol.

Dechrau pethau oedd gweithiau Daniel Owen. Daeth llyfr ar ôl llyfr i'r tŷ yn ei glawr papur llwyd a minnau'n eu darllen yn awchus. Mi ddysgais wrth ddarllen bod rhagor rhwng adloniant a phleser, bod arwyddocâd i ffeithiau, bod mwy nag un ateb i gwestiwn, ac nad oedd moesoldeb yn syml. A chael cip ar gymhlethdod oedd yn bygwth chwalu pendantrwydd plentyndod.

Ambell waith ni allwn lai na chenfigennu wrth John Jones, na nid cenfigennu'n hollol, ond teimlo ambell i foment o eiddigedd tuag ato am ei fod yn rhydd i fyw heb gyfaddawdu, yn rhydd i ddweud ei feddwl heb frifo neb. Yr oedd yn amhosibl cenfigennu wrtho pan fyddwn yn ei gwmni. Roedd ei frwdfrydedd mor heintus, ei chwedlau mor llwythog o gyfaredd. Ambell waith eglurai gymhlethdod darluniau Picasso, dro arall drwy ddangos cyfrol o'i ddarluniau, adroddai hanes bywyd trist Van Gogh. Weithiau byddem yn gwrando ar ddarn o gerddoriaeth a theimlo emosiynau na ellid eu mynegi mewn geiriau. Roedd ganddo'r ddawn i wneud y cymhleth yn syml a gallai roi cnawd ar esgyrn sychion damcaniaethau. Dysgodd imi drin cwch a dal cimwch, dysgodd imi adnabod coed a phlanhigion, adar a chreaduriaid wrth eu henwau.

Ar un ystyr fo fu'n gyfrifol am greu anniddigrwydd y tu mewn i mi. Ar y llaw arall mi roddodd ddimensiwn newydd i 'mywyd i pan oeddwn i'n rhyw ddechrau peidio â bod yn blentyn.

Mae un prynhawn poeth o Orffennaf wedi aros yn fyw iawn yn fy nghof i er nad oedd a wnelo John Jones ddim byd, yn uniongyrchol beth bynnag, â digwyddiadau'r dydd. Rhaid fy mod i tua phedair ar ddeg mlwydd oed ar y pryd. Yr oedd Hywel Bryn Marian a minnau wedi encilio i Draeth yr Hafod ac wedi bod yn nofio fel dau forlo ar bwys y creigia'. Doedd o ddim yn draeth mewn gwirionedd, dim ond hafn gysgodol rhwng dau glogwyn gyda 'chydig o raean a cherrig llyfn yn y golwg pan fyddai'r llanw ar drai. Yn nes at y clogwyni roedd slabiau o gerrig mwy, tebyg i gwymp chwaral, ond mai'r môr a'i ergydio, ac nid powdwr du, fu'n gyfrifol am y cwymp. Ei brif atyniad i ni'n dau oedd ei fod allan o gyrraedd Saeson ac ymwelwyr siarabangiau oedd yn meddiannu pob traeth yn ystod Gorffennaf ac Awst. Yma, gallem fod yn eitha' sicr o fod ar ein pen ein hunain.

Safai Hywel yn droednoeth ar fin y dŵr yn lluchio cerrig i'r môr. Dewisai garreg wastad, lefn. Yna, plygai ei goesau a thaflu'r garreg yn isel ac yn gyflym ar hyd wyneb y dŵr nes ei bod yn sboncio fel peth byw cyn sgrialu ar hyd yr wyneb am lathenni cyn suddo. Roedd cryn grefft i'r taflu. Dewisais innau garreg a bu'r ddau ohonom wrthi am rai munudau y naill yn ceisio trechu'r llall. Dim gair rhyngom. Dim sŵn i'w glywed heblaw llepian dŵr ar raean, ac ebwch wrth i garreg ddilyn carreg ar daith ar hyd wyneb y dŵr. Yn sydyn meddai Hywel braidd yn betrus:

"Huw?"

"Ia."

"Huw, be' fyddi di?"

"Be' fydda' i be'?"

"Wel be' fyddi di? Hynny ydi be' fasat ti'n lecio fod ar ôl iti adal 'rysgol?"

"Wn i ddim yn duwc."

"Mi wn i'n iawn be' faswn i'n lecio 'neud."

"Be', felly?"

"Bod yn llongwr."

"Bod yn llongwr? Ond, 'rargol dad, fuo 'na neb o dy deulu ar gyfyl y môr."

"'Snelo hynny ddim byd â'r peth."

"Wel oes i radda'. 'Drycha di ar hogia' Moelfra. Fel arfar ma' pob un yn dilyn 'i dad ne'i ewyrth."

"Ia, ond does dim raid i hynny ddigwydd."

"Nac oes hyd y gwn i. Cofia di, mi fasa' hi'n haws ca'l llong 'tasa dy dad yn Giaptan."

"Llongwr tir sych 'di nhad . . . Wyddost ti, bob tro y bydda' i'n gweld un o longa' Lerpwl yn mynd dros y . . . dros y . . . be' goblyn wyt ti'n galw'r lein 'na hefyd?"

"Gorwal."

". . . dros y gorwal, mi fydd na ryw lwmp mawr yn codi'n 'y ngwddw i. Mi fydda' i bron â marw isio bod arni hi, a mynd. Mynd 'mhell dros y gorwal a gweld y byd i gyd, pob iot ohono fo. Mynd i Merica, Awstralia a Tsieina a . . . a phob math o lefydd. Mynd ar fwrdd llong a cha'l bod yn rhydd."

"F'asa gin ti ddim hira'th?"

"Hira'th! Duw na f'asa. Hira'th am garthu cytia' moch a hel cerrig a thorri asgall?"

"Meddwl mwy am bobol oeddwn i."

"Ia, wel. Ma' hynny'n wahanol. Mi gollwn i chdi a Ned . . . a 'Nhad a 'Mam wrth gwrs, ond duwch, mi fydda 'na ddigon o betha'n digwydd, digon o betha' newydd sbond i' gweld, ca'l cerddad strydoedd dinasoedd mawrion . . . a ma' llongwrs yn ca'l digonadd o amsar adra', yn tydyn, rhwng llonga'. Meddylia ca'l dau neu dri mis o wylia'."

"A naw, ddeg mis ar y môr."

"Mi fedrwn i 'sgwennu at bawb, ac mae 'na radio ar longa'."

"Oes. Dim ond isio gweld oeddat ti o ddifri oeddwn i."

"O, mi rydw i o ddifri, paid ti â phoeni. A rŵan, dy dro di."

"Fy nhro i i be'?"

"I dd'eud be' fasat ti'n lecio fod."

"Wn i ddim."

"Hei, ty'd o 'na Huw, teg ydi teg, rhaid iti dd'eud."

"Wir yr Hywel, dydw i ddim yn gw'bod."

"Paid â bod yn gachwr. Mi dd'eudais i."

"Wel, os os raid iti ga'l gw'bod mi leciwn i fynd i'r Coleg . . . mynd yn athro."

"Iesu gwyn."

"Be' sy' o'i le ar . . .?"

"I be' ddiawl wyt ti isio bod yn ditsiar?"

"Mi wyddwn i y byddat ti'n gneud sbort. Gwranda, mi rwyt ti isio gweld gwledydd pell, wel mi rydw inna' isio mynd i fyd llyfra'. Mynd dros y gorwal os leci di."

"Mi fedra i ddallt hynny . . . ond aros yn 'rysgol am weddill dy oes bron . . . 'Rarglwydd."

Er i ni dyfu efo'n gilydd, er i ni wneud dryga', llygadu merchaid a byw a bod yn nhai'n gilydd, doedd o ddim yn dallt. Doedd o ddim yn sylweddoli mai yr un yn y bôn oedd ein dyhead ni'n dau. Unwaith, mi welais i ehedydd yn codi o ben Bonc Tudur, codi'n syth i'r awyr las a'i gân o'n llenwi'r entrychion. Mi ddaeth 'na ryw deimlad rhyfedd drosta i. Un funud roeddwn i'n edmygu'r creadur bach, eiddil yr olwg, oedd yn medru codi mor uchel uwchlaw pawb a chanu cân mor bur. Y funud nesaf yr oeddwn yn cenfigennu am 'i fod o'n rhydd i godi uwchlaw'r pentra' cyfan a chanu ei gân 'i hun. Yna yr oeddwn i'n un â'r 'hedydd. Ryw ddiwrnod mi fyddwn inna'n hedfan. Yr oeddwn i ar fin ceisio egluro hyn wrth Hywel ond roedd o eisoes wrth fin y dŵr yn lluchio cerrig.

"Hei, Huw Tŷ Capal, 'drycha ar hon yn mynd."

Anelodd yn isel a sglefriodd ei garreg fel petai ar fôr o wydr. Codais innau garreg lefn, ei rhwbio yng nghoes fy nhrowsus, a'i thaflu. Suddodd fel darn o blwm i waelod y môr.

PENNOD 3

Wn i ddim yn iawn pryd y dois i'n ymwybodol o ragrith. Yr oeddwn yn ymwybodol ers tro byd o'r ddeuoliaeth oedd ynof i fy hun ac wedi synhwyro safonau deublyg aelodau'r capel. Bûm yn ddigon bodlon gadael i'r ddeupeth gyd-fyw am gyfnod hir heb geisio rhesymu gormod. Ond yr oedd llyfrau John Jones Tŷ Pren yn rhoi min ar fy meddwl. Ynddyn nhw roedd rhinwedd mewn holi, mewn hidlo syniadau a daliadau, mewn ymwrthod â'r traddodiadol derbyniol os nad oedd sail ffeithiol iddynt. Dro ar ôl tro dechreuais amau cymhellion pobl, yn flaenoriaid ac yn weinidogion, pobl y bûm yn eu hedmygu er dyddiau babandod. Yr un pryd yr oeddwn i fy hun yn byw dau fywyd, yn cymryd arnaf fod yr hyn nad oeddwn mewn gwirionedd, yn dweud ac yn gwneud pethau rhag brifo teimladau.

Ar fy ngwaethaf yr oeddwn yn ymbellhau oddi wrth fy rhieni, nid o fwriad, ond am fod byw o fewn eu gofynion, ac yn fwy perthnasol efallai, byw ar aelwyd tŷ capel, yn dechrau fy llethu. Mae arnaf ofn i 'nheimladau i frigo i'r wyneb ar fwy nag un amgylchiad ac i mi ddangos cieidddra na wyddwn i ei fod yn fy natur i.

Mi gofiaf un Sul, er na alla' i dyngu erbyn hyn ai un Sul ydoedd ynteu nifer o Suliau wedi ymdoddi'n un, pan aeth pethau braidd yn drech na mi. Cofio codi fel arfer am hanner awr wedi saith, 'molchi, glanhau fy nannedd, gwisgo crys glân a thei a'm siwt ddydd Sul. Yna, rhuthro i lawr grisiau i osod y bwrdd brecwast yn y parlwr am fod gweinidog yn aros efo ni dros y Sul. Mi fyddai'r Parchedig Idwal Williams bob amser yn aros dwy noson, er ei fod o'n byw yn Sir Fôn. Ac mi fydda' fo'n aros efo ni'n ddieithriad. Er bod, yn ôl llyfr yr eglwys, i bawb ofalaeth mis yn ei dro, y drefn fyddai dadlwytho'r baich ar deulu Tŷ Capel am bwys o fenyn neu ddwsin o wyau, os na fyddai enw go fawr yn digwydd dod ar ei rawd. O ganlyniad byddai Mam ar bigau'r drain dros y Sul.

"Huw, glywist ti'r gweinidog yn stw'rian?"

"Ddim yn hollol. Mi roedd o'n chwyrnu fel baedd Pen Prysgwydd pan oeddwn i'n pasio drws 'i lofft o."

"Rhag dy g'wilydd di'n siarad yn fras fel 'na am weinidogion. P'un bynnag, dydi gweinidogion byth yn chwyrnu."

"Wel mi roedd 'na wynt yn dŵad o ryw ben."

"Huw! Rŵan, dos y munud 'ma a rho gnoc fach ar ddrws 'i lofft o."

Chafodd cnoc fach ddim effaith. Mi fu'n rhaid imi ddefnyddio blaen troed fy 'sgidia' gora' yn bur rymus cyn tywys y Parchedig o ddyfnderoedd cwsg. Ar ôl tair cic egar mi ddaeth 'na ryw ebychiad o gyfeiriad ei wely.

"Y . . . Mr. Williams . . . Mr. Williams, ydach chi'n effro?"

"Effro, ydw, yn effro ers toriad gwawr. Ychydig iawn o gwsg mae gweision yr Arglwydd ei eisiau. Wrthi roeddwn i yn ymbaratoi mewn gweddi ar gyfer y dydd sanctaidd. Mae'n rhaid i ddyn . . . y mae'n rhaid i Weinidog yr Efengyl, ei baratoi ei hun mewn gweddi ar gyfer gofynion y dydd."

"Mam oedd yn deud fod brecwast yn barod."

"Diolch, fy machgen i. Mi fydda' i'n ymuno efo chi mewn ychydig eiliadau."

Eiliadau meithion ddydd Sul fuon nhw gan i ni fod yn disgwyl wrtho am hydoedd. Roedd Mam yn llawn ei ffwdan yn ceisio cadw popeth rhag oeri, a 'Nhad a minna' wedi glân syrffedu, pan gerddodd i mewn fel pe bai'n cerdded i bulpud.

"Bendith Duw arnoch chi, deulu bach."

"Bore da, Mr. Williams. Dowch 'steddwch fan yma. Gawsoch chi noson dda o gwsg?"

"Diolch, fy merch i. Ychydig iawn o gwsg fydda' i'n 'i gael ar nos Sadwrn. Treulio oriau'r nos yn myfyrio ar gyfer y Sabath."

Y diawl celwyddog meddyliais. Edrychais ar ei wyneb chwyddedig, yr oedd olion cwsg yn dal yng nghorneli'i lygaid o. Cythrodd am y bwyd oedd o'i flaen fel ci ar ei gythlwng.

"Gymerwch chi ŵy wedi'i ferwi, Mr. Williams? Mae gin i ofn nad oes gin i ddim byd gwell i'w gynnig . . . yr hen rasions 'ma."

"Dau ŵy fydda' i'n arfer eu bwyta."

"Ia . . . wrth gwrs, dyna oedd gin i mewn golwg. Mi fydda' i wrth 'y modd yn gweld dyn yn bwyta'n dda."

Pesychais.

"Ia, mae'n rhaid i was yr Arglwydd wrth luniaeth. Wel . . . 'machgen i . . . be' ydi dy enw di hefyd?"

"Huw."

"Huw, wrth gwrs. Yr un enw â fy mrawd sy'n Fugail yn Nyffryn Conwy. Wel, Huw, mi wyddost ti mod i'n disgwyl adnod gan blant yr oedfa. Wyt ti wedi paratoi?"

"Do."

"Wel allan â hi. Does dim byd tebyg i ymarfer, ac mi ga' inna' baratoi sylw mwy treiddgar nag arfer ar sail dy adnod di."

"A rhyw wraig weddw dlawd a ddaeth, ac a fwriodd i mewn ddwy hatling, yr hyn yw ffyrling. Ac efe a alwodd ei ddisgyblion ato, ac a ddywedodd wrthynt, Yn wir yr wyf yn dywedyd i chwi, fwrw o'r wraig weddw dlawd hon i mewn fwy na'r rhai oll a fwriasant i'r drysorfa. Canys hwynt-hwy oll a fwriasant o'r hyn a oedd yng ngweddill ganddynt: ond hon o'i heisiau a fwriodd i mewn yr hyn oll a feddai, sef ei holl fywyd."

"Ia wir, adnod fawr. Un o adnodau mwya'r Beibl. Peth mawr ydi aberth wyddoch chi, peth mwy ydi hunan-aberth."

"Gymerwch chi ddarn arall o dost."

"Diolch. Mae'r menyn yma'n dda, a bara bendigedig. Fel roeddwn i'n dweud Huw, paid byth â bod yn brin o aberthu er mwyn eraill."

Aeth yn ei flaen i bregethu atom dros bedwar darn arall o dost nes sbydu'r pot marmalêd. Mi wyddwn i mi bechu Mam wrth ddyfynnu hen adnod ond mi wyddwn i a 'Nhad na chafodd hi ŵy i frecwast.

Mi geisiais fy ngorau i gael osgoi oedfa'r bore. Mynd fu raid fel arfer. Tenau oedd y gynulleidfa, pawb yn hen gyfarwydd ag Idwal Williams. Fy syniad i o bregethwr da oedd y sawl oedd yn dechrau'n brydlon am ddeg, yn darllen i bwrpas ac yn gorffen tua deuddeng munud wedi'r awr, yn gweddïo am o gwmpas deng munud, gadael rhyw bum munud i'r cyhoeddiadau a'r casgliad cyn dechrau ar ei bregeth tua phum munud ar hugain i un-ar-ddeg a gorffen ar yr awr. Gorau oll os byddai wedi casglu ei feddyliau'n dwt, yn egluro'i safbwynt gydag ambell i stori berthnasol, ac yn bwysicach na dim, yn amrywio ychydig ar dôn ei lais.

Nid felly'r Parchedig Idwal Williams. Un lefel oedd i'w lais ac un nodyn oedd i'r llif brawddegau. Rhuai yn ymosodol drwy ddarlleniad a gweddi ac egwyl rhwng storm oedd cyhoeddi a chasgliad. Byddai ei bregeth bob amser yn hirwyntog, yn gymysglyd ei datblygiad, ac yn frith o ddyfyniadau amherthnasol a chwbl ddigyswllt.

Fel capelwr profiadol roeddwn wedi dyfeisio system i lenwi cyfnodau maith o ddiflastod mewn sêt capel. Dim byd gwreiddiol, rhyw ymarferiadau ymenyddol fel cyfrif merched, cyfrif dynion, gweithio cyfanswm, ac yna, ceisio clandro canrannau'r dynion a'r merched yn y gynulleidfa. Wedi diwallu'r broblem honno byddwn yn llunio pob math o symiau efo'r rhifau emynau a thonau a fyddai'n cael eu harddangos bob ochr i'r pulpud, pethau fel: ' Pa rif oedd wedi'i ddefnyddio amlaf? ', ' Beth oedd cyfanswm yr holl rifau? ' a llu o bosau rhifyddol cyffelyb. Yr oeddwn wedi dihysbyddu pob pos a phob amrywiad cyn i Idwal Williams benderfynu cau pen y mwdwl am hanner awr wedi un-ar-ddeg a rhoi gollyngdod i'w gynulleidfa.

Dysglau gweigion gariodd Mam o'r bwrdd cinio hefyd. Hynny ar waetha'r ffaith iddi rybuddio 'Nhad a minnau i gymryd llai na'r siâr arferol. Diflannodd cig, moron, tatws a phys, a dwy ddysglaid helaeth o bwdin reis a tharten afalau, y rhan helaethaf i blygion bol y Parchedig i'w troi'n egni i gynhyrchu mwy o ystrydebau.

Aeth i gysgu yn y gadair o flaen tân y parlwr ar ôl cinio. Tra oedd o'n myfyrio mi gafodd 'Nhad gyfle i ofalu am wres y capel, mi ges innau gyfle i ddarllen ychydig, ac mi gafodd Mam, oedd yn golchi llestri yn y gegin ar y pryd, ei hargyhoeddi fod gweinidogion wedi'r cyfan yn chwyrnu. Tua chwarter i ddau fe ddaeth blaenor o gapel cyfagos i nôl Idwal Jones i wasanaeth y p'nawn.

Ches i ddim dewis peidio â mynd i'r Ysgol Sul 'chwaith. Yn nosbarth Bob Roberts yr oeddwn i, dosbarth o blant yn amrywio cryn dipyn o ran oed a gallu. Yn yr ysgoldy y byddem ni'n cyfarfod fel na fyddai ein sŵn yn tarfu ar yr oedolion. Gŵr mawr, meddal oedd Bob Roberts, dyn addfwyn yn llawn hwyl a chwerthin. Fe dreuliodd rai blynyddoedd yn blismon yn Lerpwl cyn dod yn ôl i'w hen ardal yn ddyn hel siwrin i'r Prudential. Doedd o ddim yn un gola' iawn yn ei Feibl, ac fe dreuliem ryw gyfran o bob p'nawn Sul yn gwrando ar rai o'i gampau yn Lerpwl. Edrychai arnaf i fel rhyw fath o ' esboniad llafar ', ac ata' i y bydda' fo'n troi os na fyddai'n rhy sicr pwy oedd yr ' efe ' yn yr adnod a'r adnod. Dros gyfnod o flynyddoedd fe dyfodd dealltwriaeth rhyngom ac fe ofalwn i na byddai raid iddo byth golli wyneb o flaen y dosbarth. Y Sul hwnnw yr oedd y cythra'l 'i hun ynof i. Roedden ni ar gychwyn ar faes llafur newydd ac mi benderfynais fod yn 'styfnig a gadael i Bob Roberts weithio allan ei iachawdwriaeth 'i hun.

"Wel, hogia," medda fo yn null Sir Fôn er bod tair merch yn y dosbarth, "ma' gynnon ni faes lafur newydd sbon danlli heddiw. Llyfr yr Actau, 'chan."

"Ga' i roi'r llyfra' allan, Mr. Roberts?", medda' Helen Ty'n Llwyd fel fflach.

"Wel, Helen, 'mechan i, ma' gin i ofn nad ydi'r llyfra' go iawn ddim wedi cyrra'dd eto. Fi wedi bod braidd yn 'sgeulus. Mi fydd raid i ni wneud y tro efo darllan o'r Testamenta'."

"Dim ond pump Testament sy' yma. Oes isio mynd i nôl rhai i'r Capal?"

"Na, hidia befo. Mi gawn ni i gyd rannu, ac mi geith Huw a minna' ddefnyddio'r Beibil Mawr. Rŵan, blant, am y cynta' i ga'l hyd i Lyfr yr Actau."

"Tudalen un cant, saith deg a thri yn y Testament."

"Go dda chdi, Richard. Mi gei di ddechra' darllan am iti fod mor drybeilig o siarp."

Dechreuodd Richard faglu ei ffordd drwy'r adnod gyntaf.

"Y . . . traeth . . . traethawd cyn-taf a wneu . . . wneuthum, o Thi . . . Thio . . . Thioffils . . ."

"Theoffilus, da fachgian, caria 'mlaen."

". . . am yr holl beth-au y dechreu-odd yr Iesu eu gwneu . . . gwneuthur . . ."

Aethom ymlaen i lafar ddarllen wyth o adnodau.

"Go dda wir, hogia'. Rydach chi'n darllan yn werth chweil, ydach wir. Wel, hogia' bach, ma' well inni fynd i'r afael â'r adnod gynta 'ma. Pwy, dybiwch chi, sy'n siarad yn yr adnod yma? Ia, Richard?"

"Iesu Grist."

"Wel . . . ia, synnwn i ddim nad wyt ti o'i chwmpas hi, 'r hen Richard. Be' 'di dy farn di, Huw?"

"Yr awdur."

"Ia . . . yr awdur . . . ia . . . y . . . y dyn 'sgwennodd y llyfr ma' Huw yn 'i feddwl, ynte Huw? . . . Ia . . . rhyw dueddu i gytuno efo Huw rydw i."

Fel arfer mi fyddwn i wedi dweud llawer mwy. Mi allwn deimlo dau lygad Bob Roberts yn pledio am fwy o wybodaeth ond mi adewis i iddo fo wneud cawl o bethau.

"Ia, fel y dywedodd Huw, yr Awdur sy'n d'eud y geiria'. 'Dach chi'n gweld hogia, mi oedd y dyn 'ma, yr Awdur, yn sgwennu o dref fawr o'r enw Theophilus, dyma fo'n d'eud ' o ardderchocaf Theophilus '. Rhaid i bod hi'n homar o dre', hogia'. Tre' fawr debyg i Lerpwl, tre' ar lan afon a llonga' hwylia'n mynd a dŵad ddydd a nos. Dyna ichi le sy' 'na yn y dinasoedd mawrion 'na. Cofio un tro pan oeddwn i'n blisman yn Lerpwl imi gael fy ngalw ar frys i ardal y docia'. Dyna i chi le, pobol o bob llun a lliw yno yn byw drwy'i gilydd fel chwiws, pobol dduon, pobol felyn, pobol frown yn bridio fel cwningod. A chwffio, welsoch chi'r fath gwffio yn ych dydd.

Wel galwad ges i'r d'wrnod hwnnw gan ddyn o'r enw Noel Murphy, Gwyddal, oedd yn cadw'r *Sailor's Rest*, tafarn enwog yn ardal y docia'. Dyma fi'n neidio ar fy meic a ffwrdd â mi nerth 'y nghoesa'. Mi roeddwn i'n reit heini'r dyddia' hynny, ac roedd fy nwrn de i'n enwog drwy dre' Lerpwl.

Erbyn i mi gyrra'dd yno roedd y ffrwgwd ar ben. Be' welwn i ond Noel Murphy yn llusgo Lasgar anfarth gerfydd 'i wallt a'i ada'l o fel 'tasa fo'n sach o flawd ar y palmant y tu allan.

Mi ges i wahoddiad gan Murphy i fynd i mewn. Llanast! Hogia' bach, welsoch chi mo'r fath lanast yn ych bywyda'. Roedd na ddarna' o wydra' ym mhob man, cadeiria' a byrdda' wedi malu'n rhacs, welis i mo'r fath beth yn 'y nydd, ac mi welis i fwy nag a welodd llawar.

Erbyn dallt, mi roedd y Lasgar wedi mynd yn gynddeiriog ulw yn 'i ddiod ac wedi dechra' codi reiat a chwffio. Mi a'th petha' o ddrwg i waeth pan ddechreuodd o falu'r dodra'n a lluchio gwydra'. Dyna pryd y rhoddodd Murphy un iddo fo ar dop 'i ben efo potal wisgi nes 'i lorio fo. Ia, lle go arw oedd yn y dinasoedd mawrion 'na ac ma'n siŵr gin i ma' rhyw le go debyg oedd Theophilus, ynte Huw?"

"Dyn oedd o."

"Dyn oedd pwy, Huw bach?"

"Theophilus. Luc 'sgrifennodd Efengyl Luc a Llyfr yr Actau. Y traethawd cyntaf ydi'r Efengyl yn ôl Luc, yr ail draethawd felly oedd Llyfr yr Actau ac mae Luc, yr awdur, yn cyflwyno'r ddau draethawd i ddyn o'r enw Theophilus."

Bu cyfnod hir o ddistawrwydd. Fe fuaswn wedi rhoi unrhyw beth am allu galw 'ngeiria'n ôl. Methais ag edrych i lygaid Bob Roberts.

"Ia, ma'n debyg dy fod ti'n iawn. Tydi hi'n hawdd 'i methu hi. Wel, hogia' bach, mi rown ni'r gora' iddi hi am heddiw. Casgla'r llyfra' 'nei di Helen. Da 'ngeneth i."

Ac mi gerddodd allan yn benisel ddeng munud yn fuan.

Ar ôl te roedd 'Nhad a minna'n eistedd o flaen tân y parlwr, 'Nhad yn ysmygu a minnau'n darllen.

"Be' ti'n ddarllan?"

"Rhyw lyfr."

"Mi wn i ma' llyfr ydi o. Llyfr ar be'?"

"Ar athroniaeth."

"Pam mae o mewn papur llwyd?"

"I gadw'i glawr o rhag gwisgo."

"O llyfr ysgol ydi o?"

Atebais i ddim.

"Be' oedd yn bod ar Bob Roberts heddiw?"

"Wn i ddim."

"Mi adawodd yr Ysgol Sul yn gynnar."

"Do, ddeudodd o ddim pam."

"Wel mi roedd rhywbeth o'i le. Wel, ma'n well imi roi glo ar dân y festri a gweld ydi'r capal yn gynnas . . ."

"Mi wna' i hynny."

"Na, hidia befo, darllan dy lyfr. Mi fydd pobol yn dechra' cyrraedd gyda hyn."

Dyn craff oedd 'Nhad. Byth yn dweud llawer yn gyhoeddus ond fe wyddai sut i drin pobol. Nid yr un dyn oedd ynta' ar ddydd Sul. Yn ei waith roedd o'n llawn chwerthin a thynnu coes ac mi fydda' fo'r un mor barod ei chwerthin adra' ar yr aelwyd, tan yn ddiweddar.

Prin fy mod i wedi darllen dwy dudalen pan ddaeth cnoc ar ddrws y gegin. "Oes 'ma bobol?"

Cnoc ysgafn arall, yna sŵn gwthio'r drws yn agored. "Cw-i, fi sy' 'ma. Yn y parlwr ydach chi?"

Mi wyddwn i o'r gora' pwy oedd y 'fi' hwnnw. Mi ddylwn wybod gan iddi berfformio'r union ddefod gyda'r union eiriau bob nos Sul er pan oeddwn i'n fabi. Agorais ddrws y parlwr ac i mewn y cerddodd Magi Mary, Tyddyn Gwyn, yn llwyd ei gwedd ac yn llaes ei dillad. Hen ferch oedd Miss Jones a phe bai'n ferch i filiwnydd fe fyddai'n dal i fod yn hen ferch. Edward Jones, un o flaenoriaid hynaf y capel oedd ei thad, bron na ellid ei gyfrif yn rhan o ddodrefn y Sêt Fawr. Plentyn henaint oedd hi yn ôl mam: os bu hi erioed yn blentyn serch, yr oedd y serch hwnnw'n lludw oer ers blynyddoedd. Bu farw ei mam yn fuan ar ôl ei genedigaeth ac fe dyfodd Magi Mary yn drwm ei chlyw, yn ddiniwed a gwan ei hiechyd. Yr un fyddai ei sgwrs bob amser, sef trafod mewn gair ac ystum stad ei hiechyd.

"Dowch i mewn, Miss Jones. Steddwch wrth y tân i g'nesu."

"O, diolch, Huw 'machgen i. Mi fydda' i reit falch o ga'l 'istadd. Ma'r hen aeloda' 'ma'n fy mhoeni i'n drybeilig. Ŵyr neb ond y Brenin Mawr a minna' faint yr ydw i'n 'i ddiodda'. Diolcha iddo Fo, Huw bach, fod gin ti iechyd. Ma' gin i'r poen mwya' ofnadwy yn fy nghoes chwith, wastad yr un fath pan fydd y gwynt yn fain."

Estynnodd goes fain a honno wedi'i lapio mewn hosan lwyd, drwchus, liw llygoden a'r hosan yn rhychau i gyd, a dechreuodd ei mwytho o 'mlaen i. Trois fy mhen i ffwrdd, fedrwn i ddim dioddef edrych.

"Ŵyr neb faint ydw i'n ddiodda'. Poen ym mhob aelod."

"'Sgynnoch chi byth boen yn ych tîn," medda fi dan fy ngwynt.

"Be' ddeudaist ti, Huw. Ma' 'nghlyw i'n drwm iawn yn ddiweddar."

"Y tywydd yn flin, Miss Jones."

"Ydi Huw, mi rwyt ti'n llygad dy le. Deud oeddwn i wrth Tada ar y ffordd yma, ' Mae'r gaea' ar yn gwartha' ni, ' medda fi. A dydi tywydd oer ddim yn g'neud efo mi ddim mwy na thywydd tamp. Ac mi fuo gwres yr ha' d'wytha' bron â bod yn ddiwadd arna' i. Dydd Gwenar dwytha un mi deudais i wrth Doctor Thomas 'mod i'n syffro efo'r pliwris, ond chymrodd o fawr o sylw. Dim amsar i neb y dyddia' yma. A finna'n diodda' poen fel cyllall yn fy mres . . . yn y fan yma."

"Ella' ma' *pneumoconiosis* sy gynnoch chi."

"'Rargian fawr tybad? Y . . . be' ydi peth felly, Huw?"

"Llwch ar yr ysgyfaint . . . ar y lyngs."

"Dyna ti wedi 'i tharo hi. Ddoe ddwytha' roeddwn i'n cwyno wrth Tada nad oedd dystio'r hen barlwr 'cw'n g'neud dim lles i fy iechyd i. Ar ôl imi fod wrthi am blwc mi roeddwn i'n wan fel cath. Be' oeddat ti'n galw'r peth 'na Huw. Be' oedd ei enw fo?"

"Be' oedd enw be'?" Llais fy mam wrth iddi ddod i mewn drwy ddrws y gegin.

"O, helo Mrs. Morris. Huw oedd yn disgrifio rhyw glefyd . . . ' conis ' ne' rwbath ddeudodd o, oedd yn disgrifio 'nghyflwr i i'r dim."

"Peidiwch â gwrando gormod ar Huw, Miss Jones. Mae o â'i ben byth a beunydd mewn llyfr ac yn dŵad allan efo'r petha rhyfedda'. Dos i nôl dy gôt, Huw, mae'n bryd inni gychwyn."

"Na, wir i chi, Marged Morris, ma'r hogyn yn go agos i'w le."

"Oes raid i mi fynd i'r capal heno, Mam?"

"Wrth gwrs fod raid i ti, a phaid â bod yn hwyr. Does 'na ddim byd gwaeth na phobol yn cerddad i mewn i wasanaeth yn hwyr."

Os rhywbeth, yr oedd y Parchedig Idwal Williams yn fwy diflas drwy gydol oedfa'r hwyr. Mi lwyddais i i gadw efo fo, fwy neu lai, tan y testun. Dewisodd adnod o ddameg ' Y Mab Afradlon ' ac mi ddewisais innau adael i 'nychymyg grwydro. A chrwydro wnaeth o. Ymleddais mewn tafarndai mewn dinasoedd pell a llorio pob gwrthwynebydd. Gweriais arian fel dŵr, siaredais â merched amheus a deuthum i'r casgliad mai ffŵl oedd y mab ddaeth yn ôl o'i wlad bell. Bu'n rhaid i mi ddod yn ôl pan gododd pawb i ganu'r emyn olaf, ac roedd eironi yn y geiriau:

' Dwy aden colomen pe cawn
Mi 'hedwn a chrwydrwn ymhell . . . '

Cenais gydag arddeliad.

Dros y bwrdd swper mi ddois i lawr o gopa Bryn Nebo'n bur ddiseremoni.

"Huw, be' fuost ti'n 'i ddeud wrth Miss Jones Ty'n Gwyn cyn yr oedfa? Roedd y gryduras wedi ffwndro'n lân."

"Sut aeth Idwal Williams adra?"

"Mi aeth Ellis Huws Eithinog â fo yn 'i gar. Ma'i frawd o'n sâl a doedd mynd â'r gweinidog fawr allan o'i ffordd o."

"Diolch am ga'l gwarad arno fo."

"Atab 'y nghwestiwn i."

"Pa gwestiwn?"

"Mi wyddost ti o'r gora'."

"Ddeudais i ddim byd wrthi hi."

"Mi rydw i'n disgw'l atab iawn. Rhaid dy fod ti wedi deud rh'wbath i'w chorddi hi."

"Ches i ddim siawns i ga'l gair i mewn, hi oedd yn brygowtha am i blydi poena'."

"Be' ddeudaist ti. Paid ti â meiddio defnyddio ara'th fel yna yn y tŷ yma. Os ma' dyna ydi Cownti Sgŵl gora' po gynta' . . ."

"Gwaedlyd ydi ystyr ' bloody '. Mae Shakespeare yn 'i ddefnyddio fo yn ei ddramâu, ac mae 'i ddramâu o'n glasuron."

"Wyt ti'n meddwl ma' ffyliad ydan ni . . . efo dy atab parod i bopeth. Mi wn i o'r gora' ystyr y gair 'na. A pheth arall, mi ddwedodd Elin Roberts dy fod ti wedi brifo Bob Roberts yn yr Ysgol Sul p'nawn . . ."

"Duw mawr, ddynas, gadwch lonydd imi."

Trawodd cledr llaw fy nhad ochr fy moch fel ergyd o wn. Nid yn aml y byddai yn colli ei dymer, ond pan wnâi . . .

"Chei di ddim siarad fel yna efo dy fam tra bydda i'n y tŷ ma, llanc."

"Mi rydach chi'n fy nhrin i fel plentyn."

"Mi gei di dy drin fel dyn pan ddysgi di fihafio fel dyn."

"A faint o ddyn ydach chi. Gwas bach i flaenoriaid a gweinidogion ac aeloda' capal. Dyn sy'n cowtowio'n sanctaidd i bawb a gadael i'r byd gerddad ar draws 'i aelwyd o er mwyn sbario talu rhent . . ."

Dyna pryd y daeth yr ail beltan.

"Wyt ti isio un arall?"

"Nac oes."

Roedd dwylo caled 'Nhad yn dadlau'n huotlach na geiriau. Mi wyddwn hefyd fy mod i wedi'i frifo fo'n llawer dyfnach na'r ddwy beltan dderbyniais i.

"Ymddiheura i dy fam."

"Mi ymddiheura i am y ffordd siaradais i . . . fedra i ddim ymddiheuro am yr hyn 'dwi'n 'i deimlo."

"Gorffan dy swpar."

"Dydw i ddim isio bwyd."

Codais a mynd i fyny'r grisiau i 'ngwely. Roeddwn i'n gryndod i gyd, fy nhu mewn i'n corddi. Mi ddylwn ymddiheuro i 'Nhad, roeddwn i eisiau ymddiheuro'n fwy na dim, ond fedrwn i ddim. Doedd 'Nhad ddim yn wasaidd, a chowtowiodd o i neb yn 'i fywyd. Mi wyddwn fod tai yn brin fel yr aur pan briododd y ddau a bod gwaith, neu sicrwydd gwaith beth bynnag, yn boen i lawer teulu yn y tridegau.

Chysgais i fawr y noson honno. Oriau yn ddiweddarach fe glywais sŵn fy rhieni'n dod i fyny'r grisiau, yn hwyrach nag arfer. Sibrydodd y ddau ' nos dawch '. Cymerais innau arnaf gysgu.

Y bore canlynol roedd Mam mor siriol â'r gog. Roedd hi'n hawdd ymddiheuro iddi hi.

"Ma' ddrwg gin i am neithiwr."

"Mi wn i. Mae Idwal Williams yn ca'l effaith ar bawb ohonon ni."

"'Nhad wedi mynd i'w waith."

"Ydi ers hanner awr."

"Ches i ddim peltan ganddo fo ers talwm."

"Wnest ti ddim haeddu peltan gymaint yn dy fywyd."

"Naddo. Doeddwn i ddim yn meddwl 'i frifo fo, wn i ddim pam."

"Pam na dd'eudi di hynny wrth dy dad."

"Fedra' i ddim."

"Mi rydach chi'ch dau mor 'styfnig â'ch gilydd. Hidia befo, fyddwn ni ddim yn cadw tŷ capal yn hir eto."

"Nid am yr hyn dd'eudais i neithiwr?"

"Na. Ma' dy dad wedi bod yn teimlo fel rhoi gora' i'r lle 'ma ers misoedd. Mi roist ti dy fys ar fan tyner wrth 'i alw fo'n was bach i flaenoriaid. Mi ddylat wbod fod dy dad yn ddyn o'i gorun i'w sowdwl."

"Siarad ar 'y nghyfar oeddwn i."

"Wel, ar ôl i ti fynd i dy wely neithiwr mi ddwedodd dy dad 'i fod o wedi ca'l cynnig rhentu Tŷ Brith. Cofia di, ma' 'na waith mawr ar y lle, yr hen Farged Lewis wedi gada'l i'r lle fynd â'i ben iddo. Ond mi wneith dy dad y gwaith yn 'i oria' hamdden, ac mi gei ditha helpu."

"Gyda phleser."

"Mi fydd yn braf ca'l tŷ i ni'n huna'n, ac acar o dir i anadlu ynddi."

"A cha'l yr hawl i gloi drws rŵan ac yn y man."

"Mi fydd chwith iti cofia."

"Am be'?"

"Am gwmpeini Miss Jones, Ty'n Gwyn ar nos Sul."

PENNOD 4

Bwthyn yn sefyll ar ei dir ei hun oedd Tŷ Brith, tŷ cerrig a'i furiau mewn cyflwr da; a chartref Marged Lewis tan ei marw rai misoedd ynghynt. Yr oedd ei du mewn, fodd bynnag, yn damp ac yn ddi-raen. Yno y byddai 'Nhad bob eiliad sbâr yn ymlafnio i wneud cragen o dŷ yn gartref. Er mai saer coed oedd o wrth 'i grefft, gallai droi ei law at bopeth o drin wal gerrig i drwsio to. Roedd o hefyd yn dipyn o giamstar ar gynllunio. Awn innau yno i'w helpu fin nos ac ar Sadyrnau.

Nid yr un dyn oedd 'Nhad wrth ei waith a chefais fy synnu fwy nag unwaith gan gryfder ei gorff a chan yr awdurdod tawel oedd ganddo wrth drin ei offer. Symudodd feini mawrion, lledodd ffenestri, helaethodd ystafelloedd nes gweddnewid yr hen dŷ. Wrth weithio ochr yn ochr fe ddaeth yr hen agosatrwydd yn ôl rhyngom.

"Fan hyn oedd yr hen dŷ llaeth os wyt ti'n cofio. Wel, cegin fydd hi bellach, cegin fyw reit nobl hefyd. Ac yn y fan yma mi fydd 'na ystafell 'molchi a thŷ bach."

"Pwy wnaeth y plania'?"

"Wel y fi siŵr iawn. Oes 'na r'wbath o'i le arnyn nhw?"

"Na, maen nhw'n ardderchog. Mi fydd yn dŷ gwerth chweil."

"O, mae 'na fwy i hen ddyn dy dad na chowtowio i flaenoriaid, wyddost ti."

"'Nhad . . . doeddwn i ddim yn meddwl dim o'r hyn ddeudais i."

Chwarddodd 'Nhad fel y byddai'n arfer gwneud ers talwm.

"Ella' bod 'na ronyn o wir yn yr hyn ddeudaist ti. Mi oedd yn dda inni wrth Tŷ Capal ond mi roedd hi'n hen bryd inni symud. Roedd hi'n mynd yn fwy ac yn fwy anodd brathu tafod."

"Gormod o grefydd . . ."

"Does dim byd o'i le ar grefydd, Huw. Pobol ydi'r drwg gan amla'. A chofia di, mi gawson ni amsar digon hapus yno . . . ac mi gawn ni amsar hapus yma hefyd. Ty'd yma imi ga'l dangos y parlwr ffrynt iti. Weli di'r bwlch mawr 'ma fan yma, ffenast fydd hon a thrwyddi hi mi fedri di weld cyn bellad â'r môr. 'Drycha, mi fedri di weld Tŷ Pren."

Daliais fy anadl.

"'Nhad."

"Ia."

"Mi fydda' i'n galw i weld John Jones, Tŷ Pren yn eitha' amal . . . ac yn ca'l benthyg llyfra' ganddo fo."

"Llyfra mewn cloria' papur llwyd?"

"Sut y gwyddach chi . . .?"

"Fedri di wneud fawr ddim mewn pentra' heb i bawb w'bod yn hwyr ne'n hwyrach."

"Ddeudoch chi ddim."

"Pam ddyliwn i. Doedd dim byd o'i le ar y llyfra' ac ma' gen i feddwl reit uchal o John Jones. Dyn hirben iawn yn ôl yr hen Ddafydd Williams."

"Hwnnw oedd yn arfar gweithio efo chi."

"Ia, mi oedd Dafydd ac ynta' yn 'rysgol efo'i gilydd. Mi fuo fo'n hynod o garedig wrth ei fam, medda' Dafydd Williams. Does 'na fawr o ddim o'i le ar ddyn fedar fod yn dynar wrth 'i fam."

"Wnes i 'rioed feddwl y byddach chi'n dallt."

"Mi f'asa'n well gen i 'tasa ti wedi deud."

"Ydach chi'n cofio gwneud mwnci ar ben pric imi ers talwm?"

"Ydw, cofio'n iawn."

"Wrth i chi wasgu'i waelod o mi roedd yr hen fwnci'n

gallu gwneud pob math o gampa', ond nid y mwnci oedd yn gwneud y campa' mewn gwirionadd; y fi, wrth wasgu, oedd yn rheoli pob symudiad."

"Ia, 'ddyliwn."

"Mi rydw i wedi bod yn union yr un fath â'r mwnci hwnnw yn ddiweddar, yn g'neud petha' fel 'tasa 'na rywun o'r tu allan yn fy ngwasgu i ac yn fy rheoli i."

"Poena' tyfu, Huw bach. Nid yn dy goesa'n unig wyt ti'n debygol o ga'l poena' tyfu."

Mi drodd dyddiau'n wythnosau ac wythnosau'n fisoedd a 'Nhad yn dal i lafurio fel pe bai'n rheidrwydd arno gwblhau addasu Tŷ Brith. Un p'nawn Sadwrn ddechrau Mawrth mi biciais draw i'w alw at ei ginio. Fe'i cefais o'n pwyso ar ffrâm y drws cefn yn ymladd am 'i wynt.

"Be sy'n bod, 'Nhad?"

Bu'n hir cyn ateb. Methai yn lân â chael anadl i lunio geiriau. Toc, mi ddechreuodd anadlu'n fwy rheolaidd.

"Dim . . . Huw. Dim o bwys. Digwydd ca'l pwl go ddrwg o golli anadl wnes i, dyna i gyd."

"Ydach chi'n siŵr? Well i mi fynd i nôl rhywun?"

"Twt na . . . paid â phoeni dy ben. Mi fydda' i'n iawn ar ôl ca'l pum munud bach."

Eisteddodd ar stepan isa'r grisiau newydd. Roedd croen ei wyneb yn llwyd afiach.

"Dydach chi ddim am wneud dim mwy heddiw. Mi rydach chi'n gweithio'n rhy galed o lawar."

"Mi fydda' i'n iawn. Laddodd gwaith neb 'rioed."

"Ydi hyn wedi digwydd o'r blaen?"

"Dim ond unwaith ne' ddwy."

"Ma' cinio'n barod. Well i chi ddŵad wrth ych pwysa'."

"Mi orffena' i hongian y drws 'ma gynta'. Mi gei di roi help llaw i mi."

Doedd dim diben dadlau efo fo. Mi osodwyd y drws yn ei le a chloi'r drws.

"Dyna hynna wedi'i orffan. Ychydig o dwtio yma ac acw ac mi fyddwn yn barod i symud. Mi wneith Twm Bryn Llan blastro ac mi gawn ni'n dau wneud 'chydig o beintio."

"Dowch i ga'l cinio ne' mi fydd Mam yn poeni."

"Paid ti ag yngan gair wrth dy fam, cofia di. Fydd hi ond yn poeni'n wirion."

"Ddeuda i ddim os ewch chi i weld y doctor."

"Os ca' i bwl arall mi a' i."

Ddiwedd Ebrill dyma ymadael â Thŷ Capel Bethel a sefydlu cartref newydd yn Nhŷ Brith. Ar ôl yr holl aros a'r dyheu, cymysg oedd ein teimladau ni'n tri wrth droi cefn ar ddarn o oes gyda'i gymysgfa o brofiadau. Yr oedd symud hanner milltir yn ddiwedd cyfnod.

Ar ôl yr holl ymlafnio fe gafodd 'Nhad dawelwch meddwl. Yr oedd wedi cwblhau ei dasg ar ôl gyrru ei hun yn ddidrugaredd. Wrth iddo ymlacio fe ddirywiodd ei iechyd yn sydyn. Er iddo geisio cuddio'i byliau drwg rhag Mam, ac er iddo wneud yn fach o'i salwch efo mi, âi'r ymladd am anadl yn waeth bob gafael. Mi gymerodd bythefnos gyfan, pythefnos o frwydro creulon am anadl cyn iddo golli diwrnod o waith a dal y bws am Langefni er mwyn gweld y meddyg. Roeddem ill dau, Mam a minnau, yn llawn pryder nes iddo gyrraedd adref. Prin oedd ei eiriau er inni holi.

"Be' ddeudodd Doctor Hughes?"

"Fawr o ddim."

"Wel be' ddeudodd o?"

"Gofyn oedd o oedd 'na asthma yn y teulu."

"Soniaist ti am dy nain, i bod hi'n ca'l plycia'?"

"Do."

"Be' arall ddeudodd o?"

"Gofyn pa mor drwm oeddwn i'n smocio."
"Roth o archwiliad iti?"
"Do, gwrando ar 'y mrest i efo'i gorn, bodio yma ac acw, a deud dim."
"Roddodd o ddim ffisig iti?"
"Naddo, mi ges i ryw bwmp ganddo fo i helpu imi anadlu."
"Dyna fo iti. Asthma sy' gin ti. Dyna sy' gin Nel Bryntirion. Ddeudodd o ddim byd arall?"
"Do. Mae o wedi gwneud trefniada' i mi fynd i mewn i'r C & A ym Mangor. Mi fydda' i yno am ryw dridia' yn ca'l profion."

Mi wyddwn i oddi wrth dôn ei lais o nad oedd o'n hapus ynglŷn â mynd i Fangor. Roedd 'na ragfarn yn erbyn ysbytai yn dal yn ein hardal ni.

Llwyddodd i guddio'i deimladau wrth i gar Bob Post fynd â fo i'r ysbyty. Gwrthododd adael i Mam na minna' fynd efo fo. Ymhen deuddydd aethom ein dau ar y bws i Fangor i edrych amdano. Eistedd yn amyneddgar wrth ochr y gwely, neb yn dweud fawr ddim gan fod rhyw ddieithrwch rhyfedd rhyngom yn awyrgylch y ward. Wrth i'r gloch ganu mi roddodd Mam fwndel o ddillad glân iddo fo. Yna ffarwelio ffurfiol cyn i Mam a minnau gychwyn tua'r drws. Mi allwn deimlo'i lygaid yn ein dilyn yr holl ffordd at y drws.

Doedd 'na ddim sicrwydd pryd y byddai'n cael dod adref. Ddydd Sadwrn, mi es i i'w weld o ar fy mhen fy hun. Pan oeddwn i ar fin mynd i mewn i'r ward dyma 'na nyrs ata' i a gofyn;
"Chi ydi hogyn Mr. Morris?"
"Ia, oes rhywbeth o'i le ar 'Nhad?"
"Ydi'ch mam efo chi?"
"Na, fory bydd hi'n dŵad. Mi gawn ni lifft efo dyn y Post."

"Mi fydd eich tad yn dod adref fory."

"O, mi fydd Mam wrth 'i bodd. Mae 'i ddillad o'n barod."

"Ar ôl i chi weld eich tad, mi fuasa' Sister yn hoffi cael gair efo chi. Iawn?"

"Iawn."

I mewn â mi i'r ward yn dalog.

"Ca'l dod adra' fory, 'Nhad."

"Wel, ydw. Hen bryd hefyd. Fendia' i ddim yn y fan yma, er 'u bod nhw'n ddigon caredig. Adra' y mendia' i."

"Lot o bobol yn gofyn amdanoch chi."

"Oes? Sut ma' dy fam?"

"Methu gw'bod be' i wneud efo hi'i hun."

Cafodd blwc sydyn o ymladd am ei wynt. Gwelwodd. Cyfeiriodd at y pwmp oedd ar y bwrdd bach wrth ochr ei wely. Gwasgodd y swigen. Yn araf bach daeth y lliw yn ôl i'w ruddiau.

"Asthma ydi o yntê, 'Nhad?"

"Ia, meddan nhw. Mi wneith awel Sir Fôn fwy o les na dim."

Buom yn mân siarad am ysbaid cyn i'r gloch ganu ac i'r ymwelwyr ddechrau cychwyn am y drws. Ar fy ffordd allan cefais fy nghyfeirio at ddrws ystafell y Sister. Cnociais ar y drws yn betrus. Agorwyd ef gan wraig dal, bryd tywyll.

"*Yes?*"

"Huw, Huw Morris. Ma' 'nhad i'n ych ward chi. Mi ddeudodd un o'r nyrsus eich bod chi isio gair efo mi gan fod 'Nhad yn dŵad adra' fory."

"Dydi'ch mam chi ddim efo chi?"

"Na, ddoth hi ddim heddiw."

"Well i chi eistedd yn y fan yna. Mi a' i nôl Dr. Lewis."

Mi fûm i'n eistedd yno am wyth munud yn gwylio bys mawr y cloc ar y wal yn rhoi naid herciog ymlaen fesul hanner munud. Heb unrhyw arwydd cerddodd dyn mewn côt wen i mewn.

"Huw Morris?"

"Ia."

"Doctor Lewis ydw i. Na, peidiwch â chodi. Mae gen i orchwyl go anodd. Mi glywsoch fod eich tad yn mynnu mynd adref . . ."

"Wyddwn i ddim i fod o'n mynnu. Y cyfan wn i ydi mai asthma sy arno fo."

"Nage, Huw. Mae pethau yn fwy difrifol na hynny."

"Pa mor ddifrifol?"

"Huw, fedrwch chi fod yn ddewr?"

"Os oes raid i mi, medra'."

"Canser sy' ar eich tad. Canser ar yr ysgyfaint, nid asthma, sy'n effeithio ar ei anadl o ac yn creu'r holl boen."

"Nefoedd fawr!"

"Mi fedrwn ni leddfu'r boen. Mae 'na gyffuria' effeithiol iawn ar gael. Dyna pam rydw i'n awyddus iddo fo aros yma."

"Ond fedrwch chi wneud dim i . . . i'r canser."

"Mae gen i ofn 'i fod o wedi gafael yn rhy ddyfn. Yn ôl yr *x-ray* mae'r ddwy lyng wedi'u heffeithio. Does dim modd torri."

"Duw mawr."

"Dyna'r peth dieflig ynglŷn â chanser. Naw gwaith allan o bob deg dydyn ni ddim yn ei ddarganfod nes iddi hi fynd yn rhy hwyr i weithredu."

"Does 'na ddim cyffuria'?"

"Dim. Mae 'na lawer iawn o waith ymchwil, ac mae modd trin rhai mathau o ganser."

"Ond nid y math sy gan 'Nhad?"

"Na."

"Diolch i chi am ddweud y gwir wrtha' i."

"Mab tŷ capel ydych chi, yntê?"

"Ia, hynny ydi naci . . . roeddwn i'n byw mewn tŷ capel tan ryw fis yn ôl."

"Mab i weinidog ydw inna'. Mi fydd eich ffydd yn gymorth i chi."

"Ydi . . . ydi 'Nhad yn gw'bod?"

"Does neb wedi dweud dim wrtho fo."

"Rydach chi'n osgoi atab. Ydach chi'n meddwl 'i fod o'n gw'bod?"

"Fy nghred i ydi ei fod o. Mae o'n gwybod yn reddfol fod rhywbeth mawr o'i le. Mae o'n ddyn craff iawn, yn medru darllen pobl. Yn swyddogol ŵyr o ddim, ond . . ."

"Mae o'n weddol sicir na wneith o ddim gwella."

"Ydi. Dyna pam mae o'n mynnu cael dod adref. Mi hoffwn i chi geisio dylanwadu arno."

"Na. Adra' ddeudodd o."

"Mi fydd angen llawer o nyrsio."

"Fydd o ddim yn brin o ofal."

"Mi fydd yn esmwythach iddo mewn ysbyty."

"Mi fydd yn hapusach yn 'i gynefin."

"O'r gora'. Mae'n wir dweud nad ydi ysbyty yn medru cymryd lle gofal cartref. Ydi'ch mam yn wraig gre'? Fedr hi ddal y straen?"

"Wn i ddim. Oes raid iddi gael gw'bod?"

"Ddim ar y cychwyn cyntaf. Mi fydd yn siŵr o sylweddoli cyn bo hir."

"Pa mor hir?"

"Mae'n anodd dweud. Mae o'n ddyn cryf . . . mater o wythnosau."

"Yna mae'n well iddi beidio â gwybod."

"Mi ofala' i y bydd tabledi i leddfu poen. Fe gaf air efo'ch meddyg teulu ac mi wneith o drefniadau efo nyrs leol pan fydd angen *injections*."

Yr oeddwn yn siarad fel twrnai. Holais y meddyg yn oer nes paratoi fy hun ar gyfer yr wythnosau oedd i ddod.

Wn i ddim sut y medrais ddal. Mi gefais nerth rhyfedd o rywle.

Wrth gerdded i ddal y bws yr oedd yn anodd credu'r peth. Yr oedd haul tyner y Gwanwyn yn sirioli'r stryd, adar yn canu, pobl yn mynd a dŵad, ceir yn sgrialu heibio fel petai dim wedi digwydd.

Nid yr un un oeddwn i'n croesi'n ôl i Sir Fôn dros Bont y Borth. Yn ystod y chwarter awr honno yng nghwmni'r meddyg fe newidiodd pethau. Fy ngwaith i bellach oedd amddiffyn Mam rhag y gwir a gwneud yn siŵr bod 'Nhad yn gallu ein hargyhoeddi ni'n dau ei fod wedi dod adref i wella.

Am dri o'r gloch y bore ar y trydydd o Orffennaf fe fu farw 'Nhad. Y fi oedd efo fo ar y pryd. Euthum i'r llofft nesaf a deffro fy Modryb Gwen, chwaer fy Nhad oedd wedi dod i aros efo ni i fod yn gefn i Mam. Cododd hithau a dod efo mi at wely 'Nhad.

"Dos i dy wely, Huw bach," medda' hi. "Does 'na ddim fedrwn ni 'i wneud iddo fo bellach. Mi adawa' i i dy fam gysgu, mi fydd arni angan 'i holl nerth fory."

Euthum i fy ngwely ond nid i gysgu. Mi dyngais lw i mi fy hun na châi dim byth eto fy mrifo, ac na chredwn i byth eto mewn geiriau gwag. ' Gweddïwch ', meddan nhw, ac mi weddïais gyda holl rym ieuenctid ar i Dduw beidio â gwireddu geiriau'r doctor, y mab gweinidog yn y gôt wen.

PENNOD 5

Yr oedd yn rhyddhad cael gadael Tŷ Brith y bore hwnnw. Gwarchodwr carchar yw afiechyd sy'n caethiwo claf a cheraint fel ei gilydd. Prin fy mod i wedi bod dros stepan y drws er pan ddaeth 'Nhad adref o'r ysbyty. Do, bûm yn picio i nôl moddion, ffonio'r nyrs neu'r doctor; heblaw am hanfodion fel hyn prin y bûm i allan o olwg y tŷ ddydd na nos. Gwneud ymdrech i leihau poen arteithiol 'Nhad, ac ar yr un pryd ceisio amddiffyn Mam rhag y gwir creulon oedd yn troedio mor anochel i'n cyfeiriad. Fel y cynyddai'r boen rhoddai'r nyrs gyffur lladd poen iddo. Llithrai yntau i gwsg hunllefus. Yn araf bach daeth Mam i sylweddoli'r gwir ac wrth sylweddoli aeth yn llipa ddiwerth. Bu'n rhaid galw ar Gwen, chwaer fy Nhad, i redeg y tŷ trwy gydol ei gystudd.

Galwai cymdogion, pobol y capal a chydweithwyr 'Nhad. Pob un yn benisel am i'r gair canser greu arswyd ynddynt hwythau. Pawb yn derbyn yr anochel gan gynnig geiriau cysur er eu bod yn gwybod mor annigonol yw geiriau. Ar un ystyr mae marwolaeth yn derfynol. Ar yr un pryd mae'n ddechrau galar a gofid, tosturi a hunandosturi. Roedd Mam yn cael gollyngdod mewn dweud a rhyddhad mewn dagrau. Gallai adrodd ac ailadrodd yr un manylion dro ar ôl tro. Roedd Modryb Gwen yn troi ei chwithdod hithau yn egni ymarferol. Prysurai o gwmpas y tŷ, yn glanhau, yn golchi ac yn bwydo. Roeddwn i'n hysb o ddagrau, yn methu mynegi teimlad mewn geiriau nes bod 'y nhu mewn i'n dynn fel cortyn. Sylwodd Modryb Gwen fy mod yn dawedog ac medda' hi un bore braf tua phythefnos ar ôl yr angladd:

"Pam nad ei di allan am dro, Huw bach, lle dy fod di'n y tŷ 'ma byth a beunydd?"

"Ydach chi'n meddwl bod hynny'n weddus, Gwen?"

"Gweddus, Marged? Wrth gwrs 'i fod o. Dydi o ddim yn naturiol nad ydi hogyn o'i oed o wedi bod dros y trothwy 'na ers wythnosa'. Mi wneith les iddo fo gael newid bach."

"Tair wythnos brin sy er yr angladd, deunaw diwrnod union er pan roddwyd . . ."

"Marged, ma'n rhaid i Huw fyw 'i fywyd."

"Mae bywyd 'i fam o ar ben."

"Dyna ddigon o'r math yna o siarad. Dos, Huw, er mwyn y tad, dos i rywle ar dy feic iti gael 'chydig o liw i'r bocha' na."

"Fyddwch chi'n iawn os a' i, Mam?"

"Fydd dy fam byth yn iawn eto. Dos di os ma' dyna ydi dy ddymuniad di."

"Wrth gwrs y bydd hi'n iawn. Mi fydda' i yma drwy'r dydd ac ma' rhywun siŵr dduwcs o alw. Paid ti â brysio'n ôl. Mi fyddwn ni'n dwy yn iawn."

A mynd wnes i. Dianc ar gefn fy meic, fy nghoesau fel pistonau. Mwynhau mynd, mwynhau teimlo nerth fy nghyhyrau a theimlo gwynt yn fy ngwallt. Mynd er mwyn mynd heb wybod ac heb falio i ble. Ymhyfrydu mewn cyflymdra nes bod polion a chilbost, giatiau a boncyffion yn gwibio o'm deutu.

Arafu wrth droi cornel a sylweddoli fy mod i am y gwrych â mynwent Capel Bethel. Methu cadw fy llygaid oddi ar y twmpath petryal o glai coch, a'r blodau'n gwywo ym mhelydrau'r haul.

Ymlaen â mi a chroesi'r ffordd fawr a dilyn ffordd gul oedd yn arwain at ffermdy Craig y Wennol, a'r môr. Arafu eto wrth ddod i olwg y môr a medru mwynhau harddwch yr olygfa.

"Mae'n braf ar rai. Ca'l bod yn segur ar ddiwrnod mor braf."

Pwy oedd yn sefyll dros y gwrych â mi, a phicwarch yn ei llaw, ond Bethan Craig y Wennol. Hogan dlws bryd tywyll a direidi glas y môr yn llond ei llygaid. Bûm yn ffansïo Bethan ers tro byd, ffansïo o bell heb fagu hyder i siarad. Un rheswm am y dieithrwch oedd y ffaith fod y pentref ar ffin dwy ysgol uwchradd. Awn i i Langefni ac âi hithau i Amlwch. Eglwyswyr oedd ei theulu hi fel nad oedd ein llwybrau'n croesi mewn nac ysgol na chapel.

"Pleser, nid gwaith ydi troi gwair."

"Fasat ti ddim yn dweud hynny 'tasa' gin ti bicwa'ch yn dy law, Huw Tŷ Capal."

"Hei, llai o'r Huw Tŷ Capal 'na. Huw, Tŷ Brith ydw i rŵan."

"Wel Huw Tŷ Capal fyddi di i mi am sbel hir. Mi gymrith flynyddoedd i bobol dy gysylltu di â Thŷ Brith."

"Mi rydw i wedi ca'l llond bol ar fod yn Huw Tŷ Capal."

"A finna wedi ca'l llond bol ar droi gwair 'Nhad. Darn bach yng Nghae Min Ffordd, medda' fo. Darn wir! Cae cyfa'! Mi fydda'n well gin i fynd i'r traeth i 'drochi."

"Syniad da. Mi ddo' i i edrach arnat ti."

"Paid â bod yn bowld. 'Tasat ti'n hannar dyn mi f'asat yn cynnig help llaw i mi."

"Mi f'aswn i ond yn anffodus dim ond un bicwa'ch sy' . . ."

"Fel mae'n digwydd bod, mae 'na un yn y fan yma y tu ôl i'r gwrych, picwa'ch Iestyn 'mrawd. Mae o'n gadael 'i betha' ym mhob man. Ty'd o 'na, rho dy feic yn y cysgod wrth y giât."

Dyma gadw 'meic a chydio mewn picwarch a dechrau troi gwana'n gyfochrog â Bethan.

"Cofia di godi pob cudyn g'lyb ne' mi fydd raid inni ail-wneud y cyfan."

"Mi rydw i wedi gafa'l mewn picwa'ch o'r blaen, wyddost ti. Cyn pen can llath mi ddaw y nac yn ôl imi."

Doedd y gwair ddim yn wlyb. Siai'n felodaidd wrth inni ei godi a'i droi. Ambell waith deuem ar draws clwmp gwlyb, bryd hynny fe fyddem yn ei ysgwyd yn dda a gosod y darnau gwlyb yn llygad yr haul.

"Mae'n haws efo dau."

"Ydi 'ddyliwn."

"Troi gwair oeddwn i'n 'i feddwl. Rwyt ti wedi hen arfar."

"Na, does gen i ddim profiad helaeth, bywyd cysgodol ydi bywyd tŷ capel wyddost ti."

"Troi gwair ydi dy waith di, nid troi geiria'. Huw . . . ma' ddrwg gen i am dy dad. Mi rydw i wedi bod yn trio d'eud ers meitin ond roedd geiria'n gwrthod dŵad."

"Mi wn i. D'eud gormod ma'r rhan fwya'. Siarad i lenwi distawrwydd."

"Oeddach chi'n agos, dy dad a chditha'?"

"Oeddan. Felly buon ni er pan oeddwn i'n blentyn. 'Nhad yn arwr yn medru g'neud pob peth . . . tan yn ddiweddar 'ma. Mi ddechreuais i dynnu'n groes . . . codi ffrae am ddim byd, a difaru wedyn. Fedri di ddallt?"

"Ma' 'na ffraeo ym mhob teulu. 'Tasat ti'n cl'wad Iestyn a 'Nhad yn mynd ati. Y ddau yn rhegi 'i gilydd yn llwch, ddigon i godi gwallt dy ben di. Cyn cinio mi fydd y ddau'n ffrindia' penna'."

"Ia, ond mi roeddwn i'n meddwl y byd o 'Nhad."

"Tria di ddeud gair gwael am 'Nhad wrth Iestyn. Ma' rhaid i Iestyn godi 'i lais ne mi fygith 'Nhad o, ac ma'r hen gono'n gwbod hynny'n iawn. Ma' pawb yn ffraeo'n tŷ ni, nes i Mam roi ei throed i lawr . . . dwyt ti ddim gwahanol i neb arall."

Roedd gwres yr haul yn danbaid a dechreuodd y chwys fyrlymu wrth imi gadw'n gyfartal â Bethan. Penderfynais dynnu fy nghrys.

"Gwylia di losgi, a chyn iti ddechra gwamalu, sôn am yr haul ydw i."

"Wna i byth losgi'n yr haul. Pryd tywyll fel 'Nhad."

"Pam na ddoi di i ymdrochi ar ôl cinio? Mi wneith fyd o les iti."

"Does gin i ddim dillad nofio efo fi a dydw i ddim isio . . . wel, ma' gin i resyma' dros beidio â mynd yn ôl adra'."

"Fydd dim gofyn iti. Mae gin Iestyn fwy nag un pâr . . . ac mae gynnon ni ddigon o dyweli."

Ar hyn dyma chwistliad hir treiddgar o gyfeiriad y fferm.

"Dyna ti, mae'r penderfyniad wedi'i wneud."

"Be' oedd y chwislo 'na?"

"Mam yn galw pawb i ginio, ty'd yn dy flaen."

"Ond ŵyr dy fam ddim 'mod i yma."

"Fydd hi ddim yn hir cyn gw'bod, a fi ceith hi am beidio â rhoi gwahoddiad iti. Ty'd, mi fydd 'na ddigon o fwyd."

Roedd hi'n hawdd dwyn perswâd arna i. Paradwys o le oedd Craig y Wennol y diwrnod hwnnw, ei furiau gwyngalchog yn disgleirio fel diamwnt ym mhelydrau'r haul. Gwir fod darnau o offer yn magu rhwd neu garfan trol yn araf bydru, pethau na ddylai fod mewn paradwys, ond yma ymysg crafu cysetlyd ieir, roedden nhw'n gweddu. Yn eu canol, yn llenwi drws y briws yr oedd Helen Parry'n domen o groeso.

"Wedi gwadd Huw i ginio, Mam."

"Wel siort ora'. Mi rôn i wedi rhyw ddyfalu ma' fo oedd efo ti yn troi Cae Min Ffor'. Croeso Huw, 'machgen i. Ddrwg calon gen i am ych tad. Ia, wir-ionadd i, dyn ym mloda'i ddyddia'. Sut ma'ch mam, y beth fach, ydi hi'n dal ati'n o lew?"

"Gweddol ydi hi, Helen Parry. Hiraeth."

"Ia, 'ddyliwn i. Mi leddfith amsar, Huw. Mi gollodd ddyn da, dyn heb asgwrn diog yn 'i gorff o. Peth mawr i wraig ydi colli cefn. Dyna fydda' Mam yn 'i dd'eud bob amsar ac roedd hi'n llygad 'i lle . . . oedd yn tad. ROBAT! IESTYN! Dowch at ych bwyd wir ddyn cyn iddo fo ddifetha."

"Mae'n ddrwg gin i ddisgyn arnoch chi'n ddirybudd ar amser cinio."

"Rhybudd! Dydi gwraig ffarm byth yn ca'l rhybudd, a pha brindar bynnag sy' yma, fydd 'na byth brindar bwyd. Dowch Robat, styriwch."

Ac mi ddaeth Robat Parry a Iestyn a cherdded ar eu hunion at y bwrdd bwyd.

Dechreuodd Helen Parry lwytho plateidiau o gig â thatws a moron a'u gosod o flaen pawb yn ei dro gan ddechrau efo'i gŵr.

"Ddrwg gin i am ych profediga'th chi, Huw."

"Diolch, Robat Parry."

"Ydi'r gwair na'n sych, Bethan? Mae Iestyn am 'i gario fo cyn sberu medda fo. Isio hel 'i draed i Langefni fory."

"Mi fydd yn sych grimp cyn pen awr, 'Nhad."

"Mi a' i i'w olwg o ganol p'nawn. Mi garith y ffŵl dail os ceith o hannar siawns."

"Chi sy'n ddiawl hen-ffasiwn. 'Tasach chi'n peidio â bod mor styfnig a hen-ffasiwn, ac yn prynu peirianna' newydd, mi fydda'ch gwair chi i gyd dan do wythnos yn ôl."

"Ac yn wenfflam cyn diolchgarwch am . . ."

"Choelia' i fawr! Uffarn dân, 'Nhad . . ."

"Dyna ddigon o regi wrth y bwrdd bwyd, Iestyn. Dydi Huw ddim wedi arfar clŵad y fath iaith."

"Wel ma' iaith Ysgol Llangefni wedi newid yn go arw 'ta. Roeddan nhw'n arfar bod yn fwy o regwrs na hogia Amlwch. A 'Nhad, mi rydw i wedi ca'l benthyg cribin 'lwynion gin Hefin Glasdir. Mi ro' i dro rownd y cae 'na cyn tri."

"Ti a dy geriach ffasiwn newydd. Mi 'steddith hwn ar 'i din ar dractor o fora gwyn tan nos, Huw, g'neith ar f'enaid i."

Cododd y ddau wedi llowcio pryd sylweddol.

"Iestyn, cyn iti fynd, geith Huw fenthyg dy drowsus nofio di? Mae gen ti fwy nag un."

"Ceith, 'tad. Cymar yr un glas hwnnw, mae o braidd yn dynn i mi ond mi ddylia' guddio dy hen ddyn di."

"Iestyn! Paid â siarad mor fras. Wn i ddim be' sy haru'r hogyn 'ma . . ."

"Ma' gynno fo un, siawns, Mam. Ne' rhad arno fo."

Dilynodd ei dad drwy'r drws, y ddau fel ei gilydd yn chwerthin.

"Peidiwch â chymryd sylw, Huw. Un fel yna ydi Iestyn ni. Digon o nerth braich a fawr ddim yn 'i ben. Mi 'neith ffarmwr os ceith o wraig dda. Ydach chi'n barod am ganlyniada'r ' Matric ' ddydd Llun?"

"Lefel ' O ' ydyn nhw rŵan, Mam."

"Wel Matric oeddan nhw yn 'y nyddia i. Wn i ddim pam mae rhaid newid popath? Gawsoch chi hwyl arni hi?"

"Wn i ddim, 'roedd 'Nhad yn bur wael ar y pryd."

"Mi fyddwch yn siŵr o wneud yn gampus. A pha un bynnag, mi rydach chi'n ddigon ifanc i drio eto. Wn i ddim be' wneith hon; Cymraeg a Choginio geith hi medda hi. Bron â marw isio mada'l 'rysgol. Mwy yn 'i phen hi na Iestyn ond 'i bod hi'n styfnig. G'wbod y cyfan yn un ar bymthag oed. Ewch chi yn ôl i'r ysgol, Huw?"

"Af. Dyna oedd 'Nhad isio, a dyna hoffwn i' wneud, os llwydda' i."

"Mi lwyddwch, 'machgen i, mi lwyddwch."

Roedd y ffordd i'r traeth yn arwain drwy fuarth Craig y Wennol cyn dirywio'n llwybr troed oedd yn disgyn yn serth tua'r traeth. Bron nad oedd yn draeth preifat gan na allai car fynd yn agos ato, ac fe gadwai bygythion Robat Parri ddieithriaid gryn bellter parch o fuarth a thraeth. Rhyw rimyn hanner lleuad o draeth oedd o a'r tywod arno'n fân fel blawd. Wrth i ni gerdded i lawr bu bron i Bethan lithro. Cydiais yn ei llaw. Daliais fy ngafael nes cyrraedd y gwaelod.

"Ga i fy llaw yn ôl rŵan?"

"Pam?"

"Am i bod hi'n haws dadwisgo efo dwy law."

"Mae'n haws fyth efo pedair."

"Huw Tŷ Capal!"

"Tŷ Brith."

"Ia, fydda' Huw Tŷ Capal byth yn meiddio bod mor bowld. Rŵan, fy llaw plis."

Agorodd fotymau ei ffrog haf yn gwbl ddiffwdan. Rhythais arni, ond er mawr siom imi roedd hi eisoes yn gwisgo'i siwt nofio. Gwelais gysgod o wên ar ei hwyneb. Syllais arni mewn rhyfeddod. Yr oedd ei chorff ifanc yn llenwi'r wisg, a'i chroen clir, yn felyn gan haul, yn cyffroi synhwyrau. Mi welais lawer o Saeson yn gwisgo llai, ond wnaeth yr un ohonyn nhw argraff fel hyn arna' i, a doedd ond y ni'n dau ar y traeth.

"Hei, paid â rhythu fel llo. Ras iti i'r dŵr."

Rhedodd yn osgeiddig a phlymio i'r môr llyfn. Prysur-ais i ddadwisgo. Yr oedd trowsus 'drochi Iestyn yn fwy na pharchus. Rhedais innau tua'r dŵr a phlymio iddo gan nofio'n hyderus tuag ati. Buom ein dau yn nofio ac yn prancio gan ymhyfrydu yn ystwythder ein cyrff. Roedd hi'n nofio'n gryf ac yn ddewr fel bachgen, ond yr oeddwn yn ymwybodol iawn nad bachgen oedd hi. Cydiais ynddi'n sydyn gerfydd ei gwasg a'i llusgo o dan y dŵr. Gwingodd o'm gafael a chan nofio dan y dŵr daeth y tu ôl imi gan fy llusgo gerfydd fy sodlau a 'ngadael mewn swp o wymon.

"Aros di i mi dy ddal di."

"A be' wedyn?"

"Mi gei di weld."

Ond doedd dim dal arni. Yr oedd wedi ei magu yma ar fin y môr, wedi nofio er pan oedd hi'n ddim o beth, yn un â natur yn y dŵr glas.

Ymhen hir a hwyr dyma hi'n gadael y dŵr a cherdded a gorwedd ar y tywel. Dilynais hi a gorwedd wrth ei hochr. Cydiais ynddi.

"Mi fedra i dy ddal di ar dir sych."

"Dydw i ddim yn trio dy osgoi di. Huw ma' gen ti waed ar dy gefn."

"Paid â chyboli."

"Oes wir, dim llawar cofia. Rhaid dy fod ti wedi crafu yn un o'r creigia'."

"Mae cusan yn beth da am atal gwaed."

"Fel hyn wyt ti'n feddwl?"

Cusanodd fi'n ysgafn ar waelod fy nghefn.

"Na, wneith o ddim lles yn y fan yna. Ar fy ngwefus."

"O, o'r gora' 'ta, rhag ofn iti waedu i farwolaeth."

Cusan arbrofol oedd y cusan cyntaf. Gwefus yn cyffwrdd gwefus yn betrusgar. Yna mi deimlais ei breichiau yn cau am fy nghefn noeth i nes bod ein cyrff ni'n cyffwrdd. Dim ond brethyn tenau ei gwisg nofio oedd rhyngom. Collais fy mhen yn lân.

"Na, Huw, na."

"Fedra' i ddim."

"Paid ddeudais i. Nid merch fel yna ydw i."

"Ma' ddrwg gin i, Bethan."

Edrychais i'w llygaid gleision a gweld ynddyn nhw yr un angerdd ag a deimlwn i.

"Nac ydi, dydi hi ddim yn ddrwg gin i. Does gin ti ddim syniad y teimlada' 'rwyt ti'n 'u deffro mewn bachgen."

"Ma' merchaid yn gorfod dysgu rheoli'u teimladau. P'un bynnag, wyt ti'n sylweddoli lle'r ydan ni? Mi fedra' 'Nhad ne' Mam fod yn edrach arnon ni'r eiliad yma."

"Doedd lle nac amsar yn golygu dim imi."

"Mi fu bron i minna' golli 'mhen."

"Mi deimlaist titha' felly?"

"Do."

"Dydw i ddim yn meddwl i mi fod isio neb fel yr ydw i dy isio di rŵan."

"Paid â bod yn fyrbwyll rŵan a gwneud addweidion ffôl."

"Fûm i 'rioed fwy o ddifrif . . ."

"Wyddost ti pan oedd Iestyn a fi'n blant bach, mi roeddan ni'n dy gasáu di â chas perffaith. Chdi oedd y siampl fyddai Mam yn ei roi inni bob tro y byddan ni'n blant drwg. ' 'Drychwch ar Huw bach Tŷ Capal yn ennill mewn 'steddfoda' am adrodd a chanu a chitha'ch dau fel dau rapsgalion. ' Huw Tŷ Capal yn ennill arholiada, Huw Tŷ Capal yn lân ac yn drwsiadus, Huw Tŷ Capal yn siarad iaith weddus . . . roeddat ti'n ewach bach annioddefol o ddaioni."

"A rŵan."

"Fyddwn i ddim yn dy alw di'n hogyn da."

"Mi wyddost nad dyna'r oeddwn i'n 'i feddwl."

"Ydw, Huw rydw i'n hoff iawn ohonot ti. Wedi bod ers tro bellach."

"A finna wedi bod ofn gofyn iti rhag ofn ca'l 'y ngwrthod. Ma' bywyd yn eironig."

"Be' ti'n feddwl."

"Teimlo'n euog oeddwn i am fy mod i mor hapus. Methu credu y gallwn i deimlo fel hyn eto. Fi oedd hefo fo pan fuo fo farw. Eistadd ar ochor y gwely yn y t'wllwch yn gwrando arno fo'n anadlu. Tua hanner nos mi newidiodd patrwm ei anadlu o, mwy afreolaidd. Yna mi ddaeth sŵn crafu cras i'w wddw fo, sŵn llawn dychryn. Mi arhosodd y sŵn ac mi aeth yr anadlu yn waeth. Mi beidiodd anadlu am eiliad gyfa' a minna'n gweddio, yn ewyllysio iddo fo ailgychwyn. Ac mi wnaeth, a dyna iti ryddhad oedd yr ailgychwyn. Fel hynny y bu pethau rhwng dau a thri o'r gloch y bora, a Duw yn atab 'y ngweddi i'n rheolaidd nes i'r distawrwydd hir hwnnw ddigwydd am dri a 'ngadael i yno yn y llofft ar 'y mhen fy hun. Ma' ddrwg gin i, doeddwn i ddim wedi meddwl bwrw fy mol."

Roedd dagrau diffuant yn ei llygaid hi. Ddwedodd hi'r un gair am hir dim ond gafael yn fy llaw i.

"Does dim rhaid iti deimlo'n euog. Mae gan bawb hawl i gydio mewn moment o hapusrwydd. . . Wyddost ti fod 'na lwybr cudd yn arwain o'r traeth 'ma i seler Craig y Wennol?"

"Mi wyddwn fod na ogof yn y creigia' ond fûm i 'rioed i mewn iddi hi."

"Dyna lle mae'r llwybr yn cychwyn. Mae Craig y Wennol yn hen, yn dyddio o'r un cyfnod â'r eglwys meddan nhw. Mae 'na sôn bod nhw'n smyglo ar y traeth 'ma ers talwm ac ma' perchennog Craig y Wennol, hen, hen, hen daid i mi oedd yr arweinydd."

"Tynnu coes wyt ti?"

"Na, o ddifri rŵan. Dyna pam fod gen i gymaint o

feddwl o'r lle 'ma. Dydw i byth bythoedd isio gadael cartra."

"Ddim hyd yn oed i fynd i goleg?"

"Na. Mae'n debyg y medrwn i grafu drwy arholiadau, ond i be'? Mae pob dim yma."

"Be oedd dy hen, hen, hen daid yn 'i smyglo?"

"Brandi o'r cyfandir, a halen."

"Halan?"

"Mi glywist ti'r dywediad ' Paid â holi cwd o halen '?"

"Do, mi fydd Mam yn 'i ddefnyddio fo."

"Dyna'i darddiad o yn ôl Mam. Ddylai neb holi o ble daeth cwd o halen am mai'n bur debyg ma' wedi'i smyglo'r oedd o."

"Ydi'r llwybr yn dal ar agor?"

"Na. Mae'r ogof yn culhau yn ddim mewn llai na hanner canllath. Wyt ti am nofio yno i ga'l gweld?"

"Ar dy ôl di."

Dyma nofio gyda godre'r creigiau nes dod at hafn oedd bron wedi'i chuddio yn y clogwyn.

"Mi fyddai'n amhosib' gweld hon o'r môr. Lle delfrydol i ladron."

"Wyt ti'n dŵad i mewn?"

Dilynais hi i mewn. Unwaith inni fynd heibio i geg yr ogof agorodd y graig.

"Bydd yn ofalus, mae'r gwymon 'ma'n llithrig. Mae 'na fath o 'stafell 'mhellach ymlaen, mi fydd yn sych yno."

Cydiodd yn fy llaw a'm harwain drwy'r hanner tywyllwch nes inni gyrraedd math o silff yn y graig. Trodd i'm hwynebu, a'r tro yma hi oedd yn fy nghusanu i. Yn araf bu bwrw ar bob swildod. Dau yn cydio'n dynn yn ei gilydd nes deffro hen nwydau fu 'nghwsg yn ein cyrff. Gwasgu nes bod poen ac unigrwydd a hiraeth yn cilio'n ara bach a medru teimlo unwaith eto afiaith byw.

Cerddasom allan i lygad haul heb deimlo na chywilydd

nac edifeirwch, nofio'n ôl i'r traeth a chychwyn dringo'r llwybr cul i gyfeiriad cartref Bethan.

"P'ryd ga' i dy weld di eto?"

"Heno, os leci di."

"Na, mi fydd gofyn i mi aros efo Mam heno."

"Galwa pan fedri di 'ta. Mi fydda' i o gwmpas bob amsar."

"Iawn. Mi rwyt ti'n dallt efo Mam, ma' hi braidd yn isal ar hyn o bryd."

"Ydw, siŵr. A Huw . . ."

"Ia?"

"Mi fydd yn rhaid i ni gymryd gofal . . . chdi a fi."

"Bydd."

Ar fy ffordd adref roedd fy meddwl i'n llawn. Yr oedd haul unwaith eto yn fy mywyd, blas ar fyw a gobaith . . . nes croesi trothwy Tŷ Brith a chamu'n ôl i ganol galar.

"Lle yn y byd fuost ti Huw?"

"Yng Nghraig y Wennol yn helpu yn y gwair."

"Helpu pobol erill a gadael dy fam ar 'i phen 'i hun."

"Ond mi roedd Modryb Gwen yma."

"Oeddwn, drwy'r adag. Ac mi alwodd Mrs. Ifans Plas Aethwy, y hi a'i chwaer Gaenor, ac mi alwodd y gweinidog ac mi fuodd o yma bron drwy'r p'nawn."

"Rhaid iti beidio â gada'l dy fam fel hyn, Huw."

"O, chwarae teg, Mam, heddiw ydi'r tro cynta imi fod allan ers . . ."

"Ers angladd dy dad. Roeddwn i'n disgw'l y byddat ti'n rhoi dy fam gynta'."

"Peidiwch â bod yn galad ar yr hogyn, Marged. Mi fydd rhaid ichi . . . yn rhaid i chi ill dau ddygymod â phethau fel y maen nhw."

"Wyddoch chi ddim be' ydi colli gŵr, Gwen. Mi ddyla'r hogyn aros o gwmpas y tŷ am gyfnod, 'tae o ond o barch i'w dad."

"Dydi cau eich hun yn y tŷ ddim am newid dim Mi fydda'n iechyd i chitha' fynd allan am dro."

"Peidiwch â siarad am y fath beth. Wn i ddim sut y medri di ymddwyn mor . . . mor amharchus."

"Mam, dydi pawb ddim yn dangos 'u teimlada'r un fath. Ella nad ydw i ddim yn 'i fynegi fo mewn dagra' ond dydi troi cae o wair neu fynd i lan y môr ddim yn lleddfu dim ar y gollad."

"Fuost ti 'rioed yn lan y môr?"

"Do, mi es i i lawr at y traeth . . ."

"Wel, gobeithio'r nefoedd na welodd neb di."

"Nid peth cyhoeddus ydi galar, Mam. Mi rydach chi'n medru siarad am 'Nhad efo pobol, medru crio. Mae'n dda ych bod chi. Fedra' i ddim, mi fydda'n rhyddhad pe medrwn i."

"Wyddost ti mo dy eni. Wyddost ti ddim be' ydi ystyr cariad. Wyddost ti ddim be' ydi colli cymar."

Daeth y dagrau yn ffrwd a doedd gen i ddim ateb i'w dagrau hi.

Y noson honno yn fy ngwely roedd fy meddwl i'n dryblith glân. Roedd gen i fyd y tu allan i fyd Mam ac roedd gen i Bethan i'w charu. Roedd ei byd hi'n deilchion ac unigrwydd canol oed yn ymestyn o'i blaen. ' Mi fuo John Jones yn garedig wrth 'i fam, ' oedd geiria' 'Nhad. Ac eto fe fyddai'n rhaid imi dorri'n glir, mentro dros ymyl y nyth, torri fy nghwys fy hun . . . Rhaid fy mod wedi syrthio i gwsg anniddig a'r cwsg hwnnw'n troi'n hunllef sy'n dal yn fyw yn fy nghof.

Cerdded oeddwn i'n blentyn bach unwaith eto drwy giatiau mynwent Bethel at fedd oedd yn cael ei dorri gan Richard Davies. Yr oedd yr hen fachgen at ei hanner yn y bedd. Gwthiodd lafn y rhaw drwy haen o glai coch nes bod gwaed yn pistyllio allan a ffrydio dros fferau'r hen fachgen.

"Helpa fi, Huw bach, helpa fi."

"Fedra' i ddim, fedra' i ddim . . ."

"Mae'n ddyletswydd arnat ti. Cydia yn fy llaw i."

"Na, rydw i'n cael fy llethu, fy sugno i mewn, gollyngwch fi . . ."

Teimlais fy hun yn syrthio i mewn i grombil y bedd. Llusgwyd fi drwy dywyllwch dudew, lleithder y gwaed yn cydio yng nghroen fy wyneb wrth imi gael fy sugno drwy ddyfnderoedd y bedd i'r ogof. Ac yna fe ddechreuodd y lleisiau chwerthin a gwatwar, lleisiau Beti Starch a Brenda 'i ffrind.

"Drycha arno fo. Mae o ar 'i linia o'r diwadd."

"Di-fai lle iddo fo, y rhagrithiwr . . ."

"Hogyn ysgol Sul . . ."

". . . yn herio'i dad . . ."

". . . yn palu clwydda' . . ."

". . . ac yn frwnt wrth 'i fam . . ."

". . . hunanol . . ."

". . . diawl bach dan din . . ."

". . . yn hambygio merched . . ."

". . . g'neud petha' aflan . . ."

". . . yr hen sglyfath bach iti . . ."

". . . Mi ddysgwn ni wers iti, o g'nawn."

Dyma nhw'n cydio mewn bwndel o lyfrau, llyfrau hardd a phapur sidan rhwng pob tudalen, a dechrau rhwygo.

"Peidiwch, er mwyn y nefoedd peidiwch," gwaeddais.

Ac yna deffro i glywed Mam yn igian crio am y pared â mi.

PENNOD 6

Fe adawodd Modryb Gwen y dydd Sadwrn canlynol gan adael bwlch ar ei hôl. Yr oedd hi'n gallu trin fy Mam gystal â neb, ac yn llwyddo'n rhyfeddol i'w chadw rhag pyliau hir o iselder. Ond yr oedd ganddi ei chartref ei hun i'w redeg a doedd dim disgwyl iddi aros am byth.

Ar y Sul fe wnaeth Mam ymdrech i wneud cinio i ni'n dau. Soniodd hi'r un gair am fynd i'r Capel. Doedd hi na mi ddim wedi bod ar gyfyl Bethel er cyfnod gwaeledd fy Nhad, heblaw am ddiwrnod yr angladd. Bu'r dydd Sul hwnnw yn Nhŷ Brith yn hirach na'r un Sul a dreuliais yn Nhŷ Capel.

Ben bore Llun rhuthrais ar gefn fy meic i Siop y Post i brynu copi o'r *Daily Post.* Agorais ef yn gryndod i gyd gan chwilio ymysg y colofnau am fy enw ymysg rhestr canlyniadau Arholiadau'r Cyd-bwyllgor. Prin y medrwn gredu fy llygaid, yr oeddwn wedi llwyddo mewn naw pwnc. Methu mewn Gwaith Coed! Mi fyddai fy Nhad yn gweld ochr ddigri pethau . . . Ond nid diwrnod i hel meddyliau oedd hwn ond diwrnod i ddathlu. Edrychais drwy'r rhestr am enw Bethan. Yr oedd wedi llwyddo i gael saith pwnc. Mi fyddai Helen Parri wrth ei bodd.

Digon di-ffrwt fu ymateb Mam. Yr oedd hi'n falch imi wneud yn dda ond doedd ei geiriau ddim yn argyhoeddi rywsut. Cyn pen dim roedd dagrau'n cronni yn ei llygaid.

"'Tasa dy dad wedi ca'l byw mi fydda'n ddyn balch heddiw."

"Ac mi rydach chitha'n falch."

"Ydw, mi rydw i'n falch. Ond tydi petha' ddim yr un fath. Fyddan nhw byth yr un fath eto."

Ceisiais resymu â hi. Ceisiais ei hargyhoeddi na allai

fyw gweddill ei hoes yn nychu am y gorffennol. Doedd dadl yn cael dim effaith, roedd hi'n gwbl gaeth i'w theimladau.

"Mam, mae'n rhaid i ni wynebu'r dyfodol. Cyn diwedd yr wythnos fe fydd yn rhaid i mi alw yn yr ysgol a thrafod fy nyfodol. Be' ddyliwn i' 'neud? Mynd yn fy ôl i'r ysgol? Chwilio am waith? Be'?"

"Gwna fel yr wyt ti'n gweld ora'."

"Dydi petha' ddim mor syml â hynny, Mam. Mi fydd angen arian i 'nghadw i yn 'r ysgol. Be' ydi'n sefyllfa ariannol ni? Fedrwch chi fforddio 'nghadw i yn 'r ysgol?"

"Gad i bethau fod am heddiw, Huw. Does gin i ddim calon i fynd drwy bapura' dy dad."

"Fory, 'ta. Fedrwn ni ddim gohirio am byth."

"Ia, mi edrychwn ni fory."

Ar ôl te mi gychwynnais am Graig y Wennol. Yr oeddwn wedi bod ar dân gwyllt eisiau mynd drwy'r dydd. Pan alwodd Elin Jones am sgwrs efo Mam mi welais fy nghyfle.

Nid yr un oedd yr awyrgylch yno. Ar aelwyd Craig y Wennol yr oedd ymhyfrydu dilyffethair yn llwyddiant Bethan.

"Wel, ty'd i mewn, Huw, 'ngwas i. On'd ydach chi'ch dau wedi g'neud yn ardderchog? Bethan wedi ca'l saith a minna' wedi setlo am ddau. A faint gest ti hefyd?"

"Naw, Mam. Mi rydw i wedi d'eud wrthach chi ddega' o weithia'."

"Naw, wel wel'is i 'rioed y fath beth. Naddo yn 'y nydd."

"O Mam, rhowch gora' i glochdar."

"Mae gin i bob hawl i glochdar a waeth gin i pwy clywith fi. Ma'ch mam chitha' siŵr o fod yr un fath yn'tydi Huw?"

"Ydi."

"Dyna ti, mae o'r peth mwya' naturiol dan haul i fam ymfalchïo. Be' wnewch chi rŵan, Huw? Mynd yn ôl i'r ysgol?"

"Wn i ddim eto."

"Mi rydw i wedi bod wrthi 'ngora' glas yn trio ca'l yr hogan 'ma i fynd yn 'i blaen i Goleg. Waeth imi siarad efo'r wal ddim. Ac ella ma' hi sy'n iawn wedi'r cwbwl, fydd hi ddim angan Coleg i ffarmio Craig y Wennol. Rŵan ffwr' â chi'ch dau i gael 'chydig o awyr iach cyn iddi ddechra' oeri."

Cerddasom i lawr y llwybr tua'r traeth.

"Ei di'n ôl i'r ysgol?"

"Wn i ddim. A chditha'?"

"O, mi wn i'n iawn be' fydda' i'n 'i wneud. Aros yma yng Nghraig y Wennol i ofalu am yr hen le 'ma am byth."

"Byw efo dy dad a dy fam?"

"Ia, dros dro. Pan fyddan nhw'n ymddeol fi fydd pia' Craig y Wennol."

"Ti a Iestyn."

"Naci, Huw, dim ond fi. Mi fydd Iestyn yn priodi mewn blwyddyn ac yn mynd i ffarmio Plas Lleiniog, hen gartra' fy Nhad. Cartra' Mam oedd Craig y Wennol. Ma' teulu Mam yn hen deulu yn yr ardal 'ma, a'r merchaid sy wastad wedi etifeddu'r lle. O, mi fydd Iestyn yn iawn, paid â phoeni; mae Plas Lleiniog dros gan acar yn fwy, ac yn well tir. P'un bynnag, dydi Craig y Wennol ddim yn golygu dim iddo fo."

"Ac mae'n golygu cryn dipyn i ti."

"Fwy na dim ar wynab y ddaear. Mi rydw i'n fodlon yma . . . byth isio symud o 'ma. Mi wn i am bob carrag a choedan . . . llefydd na ŵyr neb arall amdanyn nhw. Mi fydda' i'n teimlo'n saff os medra' i weld y tamad lleia' o

Graig y Wennol. Wyt ti'n dallt rŵan pam nad ydw i awydd mynd yn ôl i'r ysgol?"

"Ydw. Mi rydw inna'n sicir hefyd ond dydi penderfynu ddim yn hawdd."

"Dy fam?"

"Ia, ymysg petha' er'ill. Ers rhai blynyddoedd rydw i wedi teimlo'n gaeth. Roeddwn i'n gaeth yn Nhŷ Capal ond wnaeth symud i Dŷ Brith newid dim. Mae gin i awydd torri'n rhydd, cael cip dros y gorwel . . ."

"Dydw i ddim yn dy ddilyn di."

"Mi hoffwn i fynd yn ôl i'r ysgol. Mi hoffwn i'n fwy fyth ennill ysgoloriaeth a mynd ymlaen i Brifysgol."

"Gada'l Sir Fôn."

"Dim ond dros dro. P'un bynnag, wn i ddim eto os gall Mam fforddio fy anfon i'n ôl i'r ysgol. A waeth i mi wynebu ffeithiau, dim ond rhyw 'chydig dethol sy'n ennill ysgoloriaeth."

"Pa brifysgol oedd gin ti mewn golwg, Bangor?"

"Mi fydda' cyrraedd Bangor yn fendigedig . . ."

"Ond."

"Ond be'?"

"Mae 'na ' ond ' on'd oes? Mi fedra' i dd'eud wrth dy lais di."

" ' Ond ' annhebygol iawn ydi o. Mi rown y byd am allu ennill ysgoloriaeth i Goleg Yr Iesu, Rhydychen."

"O."

"Breuddwyd ffŵl ydi'r holl beth. Yn y lle cynta' does gin i mo'r gallu na'r cefndir a fydda' Mam yn 'i chyflwr presennol ddim yn fodlon imi fynd mor bell."

"Mi wn i am rywun arall fydda'n anfodlon iti fynd mor bell."

Yr oedd hyn yn esgus i ni'n dau gofleidio. Aeth arholiadau a dyheadau i gefn eithaf y meddwl dros dro.

Ar y ffordd adref bûm yn ailgysidro geiriau Bethan.

Ar yr wyneb roedd hi'n berson syml, wedi derbyn ei chyraeddiadau ac yn fodlon ar ei byd. Wrth graffu ar ambell i ymateb ac wrth wrando ar oslef ei llais wrth lefaru ambell i frawddeg ddibwys mi gefais wedd newydd arni hi. Roedd hi'n llawer mwy cymhleth. Roedd iddi falchder yn hynafiaeth ei thras. Nid adeiladau a thir ar arfordir Sir Fôn oedd Craig y Wennol, ond ei hetifeddiaeth hi. Roedd hi hefyd yn ferch benderfynol,

Pan gyrhaeddais Dŷ Brith yr oedd y gweinidog yno. Prin fy mod dros y trothwy nad oedd o ar ei draed ac yn gwasgu fy llaw.

"Huw, 'machgen i. Llongyfarchiadau. Campus iawn wir."

"Diolch, Mr. Lewis."

"Newydd gyrraedd ydw i. Ar fin dechra' holi dy fam. Wel, Huw, be' fyddi di, gwyddonydd 'ta dyn y celfyddydau? Be' fydd dy ddewis di yn y Chweched Dosbarth?"

"Wn i ddim eto os bydda' i'n mynd yn f'ôl i'r ysgol."

"Be'! Huw bach, fedri di ddim claddu dy dalentau. Mi fydda'n wastraff ar allu. Mrs. Morris, rhaid i ni ddarbwyllo'r hogyn ar unwaith. Dewis dy dad oedd iti fynd yn dy flaen. Cofio'i eiria' fo'n iawn: ' Cheith hogyn i mi ddim ennill ei damaid yn llafurio mewn llwch a baw ac oerni os bydd rhywbeth yn ei ben o. ' Ac mi wyt ti wedi profi gallu tu hwnt i'r cyffredin."

"Peidiwch â chamddeall, Mr. Lewis, mi hoffwn i fynd yn ôl. Wyddon ni ddim eto os medar Mam fforddio 'nghadw i."

"Fy mai i ydi o, Mr. Lewis. Mi wn i fod Dafydd wedi gofalu amdanon ni, mi oedd o'n talu mwy nag un siwrans. Does gin i ddim calon i fynd drwy'i betha' fo. Y fo oedd yn gofalu am bopeth."

Daeth y dagrau ac eisteddodd fy mam yno yn druenus a diymadferth.

"Hoffech chi i mi edrych drwy bapurau'ch gŵr, Mrs. Morris? Mae gen i brofiad go helaeth erbyn hyn yn y math yma o waith. Mi alla' i eich sicrhau chi y bydd popeth yn gyfrinachol."

Cytunodd fy mam drwy nodio ei phen.

"Dos i'w nôl nhw i Mr. Lewis, Huw."

Yr oedd un drôr yn nresel y gegin lle cedwid y pethau pwysig. Ynddi y rhoddid pob dogfen a llythyr a darlun os oedden nhw'n werth eu cadw. Gwagiais gynnwys y drôr ar fwrdd y gegin. Aeth Mr. Lewis ati ar unwaith i ddidol y pentwr oedd yn dweud cymaint amdanom fel teulu. Yr oedd yn ddyn trefnus, a chyn pen hanner awr yr oedd wedi didol y cyfan, ac wedi casglu ynghyd y papurau perthnasol.

"Wel, Mrs. Morris, mae pethau'n edrych yn lled dda. Mae 'na bolisi yn y fan hyn fydd yn fwy na digon i dalu holl gostau'r . . . i dalu'r biliau i gyd. Mae'r ail bolisi yma'n un mwy sylweddol. Mi fyddwn i'n awgrymu buddsoddi'r arian yma a defnyddio'r incwm pan fydd angen. Gadewch y cyfan i mi, mi lythyra' i drosoch chi. Fel gwraig weddw fe fyddwch chi'n cael pensiwn, digon o arian i fyw arno ond i chi gymryd gofal. Ar ben hyn fe ellwch gael lwfans ychwanegol tra bydd Huw yn yr ysgol."

"Diolch, Mr. Lewis. Doedd gin i ddim calon i edrach drwyddyn nhw."

"Ac mi fydd Huw yn gallu mynd yn ei ôl i'r ysgol?"

"Dyna oedd dymuniad 'i dad o, Mr. Lewis, ac mi barcha' i 'i ddymuniad o."

Dychwelyd i'r ysgol wnes i ym Mis Medi a dewis, ar ôl pendroni hir, astudio Cymraeg, Saesneg a Hanes yn y Chweched Dosbarth.

'Dewis ceidwadol ar y naw' oedd sylw cyntaf John Jones pan alwais i i'w weld o un min nos ddechrau Medi.

"Pam hynny? Mi ddewisais i'r pynciau rwy'n 'u hoffi."

"Fel plentyn bach yn dewis da-da."

"Dim o gwbwl. Mae'r tri'n byncia' y galla' i lwyddo ynddyn nhw, ynddyn nhw y ces i'r marcia' ucha', ac mae'r tri'n dderbyniol gan y Brifysgol."

"Prifysgol Cymru."

"Wel, ia. Be' sy' o'i le ar Brifysgol Cymru?"

"Dim. Dim ar wynab y ddaear."

"Ond mi ddylwn fod wedi anelu'n uwch. Ma' 'ngorwelion i'n rhy gul?"

"Ti pia' dewis. Pwy ydw i i geisio dy gynghori di?"

"Ond dydach chi ddim yn cymeradwyo?"

"Dydi hynny nac yma nac acw . . ."

"Ydi, mae o i mi."

"Mi soniaist ti unwaith am lyfra'n agor drysa'."

"Do, mi rydw i'n dal i gredu hynny . . ."

"Ac ar yr un pryd yn dewis cau drysau, cyfyngu dy hun . . ."

"Drwy ddewis gwneud Cymraeg."

"Ia, i ryw . . ."

"Ond rydw i isio gwybod am lenyddiaeth Cymru. Chi ddeudodd 'i bod hi'n bwysig adnabod cynefin, . . ."

"Does dim rhaid iti fynd i Chweched Dosbarth i ddarllan llenyddiaeth Gymraeg, ma' 'na lond silffoedd o lyfra'n y fan acw ar lenyddiaeth Gymraeg. Mi fedri di dy ddiwyllio dy hun. Gweld ydw i dy fod ti wedi colli cyfla i fynd i faes newydd."

"Fydda Mam ddim yn hapus i mi fynd ymhellach na Bangor."

"Mi ddylat barchu gofynion dy fam. Sut ma' hi'r dyddia' yma?"

"Isal iawn ydi hi. Methu dŵad i delera' â cholli 'Nhad, a methu gollwng gafael ynof inna'. Mi fydda' i'n teimlo fel 'tawn i'n pechu bob tro y bydda' i'n 'i gadael hi."

"Tria'i chael hi i ollwng gafa'l yn ara' deg. Paid â rhoi

i mewn yn rhy amal, mi wnei di fwy o ddrwg nag o les."

"Mi hoffwn i fod yn rhydd, yn rhydd i fod yr hyn ydw i yr un fath â chi?"

" ' Gwyn eu byd yr adar gwylltion '."

"Be'?"

"Mi wyddost yr hen bennill?"

"Gwn."

"Mae hi'n hen hen freuddwyd gan ddyn i ga'l bod yn rhydd. Does neb byth yn llwyddo."

"Ond mi rydach chi'n rhydd."

"Ydw i?"

Fel yna y cychwynnodd blwyddyn ysgol arall. Ar un olwg blwyddyn digon diddigwydd fuo hi. Ar yr un pryd fe ddigwyddodd nifer o fân bethau, pethau cymharol ddibwys ynddynt eu hunain, oedd, o edrych yn ôl, yn ddigwyddiadau arwyddocaol.

Fel yr âi'r misoedd heibio yr oedd Mam yn llai ac yn llai parod imi adael y tŷ, yn enwedig gyda'r nos. Ar yr un pryd doedd fawr o groeso i Bethan alw. Am ryw reswm fe roddodd Mam ei chas arni. Gwelai hi'n fath o fygythiad. Gorchest anodd oedd rhesymu efo Mam. Gorchest fwy anodd oedd ei chael hi i adael y tŷ nes iddi droi'n fewnblyg, a'i sgwrs, pan fyddai'n fodlon siarad, bob amser yn gogwyddo tua'r gorffennol. Galwai hen gydnabod Tŷ Capel yn llai ac yn llai aml. Un noson fe alwodd y gweinidog.

"Wedi dŵad eto ar fy rhawd, Mrs. Morris. Sut mae'r gwaith yn mynd yn yr ysgol, Huw?"

"Digon i'w wneud, Mr. Lewis."

"Gwyn eich byd chi, Huw. Blynyddoedd gorau bywyd pan mae'r meddwl yn ystwyth a'r cof yn gadarn. Wrthi'n gwneud gwaith cartref?"

"Ia, dadansoddi'r cynganeddion yng Nghywydd y Farn, Goronwy Owen."

"Goronwy Ddu o Fôn, diddorol iawn. Mi fuo fo'n ficer yn Llanfair Mathafarn, wyddoch chi."

"Do, am dair wythnos gyfa'."

"Ia, Goronwy druan, cael ei erlid a marw'n alltud. Ond nid i drafod barddoniaeth y dois i yma, er y byddwn i wrth fy modd gwneud hynny. Na, wedi'ch colli chi'ch dau o oedfa'r capel ydan ni. Mi wn ei bod hi'n anodd cychwyn ar ôl profedigaeth, Mrs. Morris, ond mae'n rhaid torri'r garw rywbryd."

"Fedra' i ddim wynebu mynd yn ôl i Dŷ Capal."

"Y cam cyntaf ydi'r cam anoddaf. Unwaith y byddwch chi wedi bod mi fydd yr ail waith gymaint yn haws."

"Dydw i ddim yn meddwl y do' i byth eto, Mr. Lewis."

"A dyna Huw 'ma. Fedr eglwys fel Bethesda ddim fforddio colli pobl ifanc dalentog."

"Ia, mi ddaw Huw dros y ddau ohonom ni."

"Na, Mam. Mae'n ddrwg gen i Mr. Lewis ond . . . ond dydw i ddim yn medru credu yn nysgeidiaeth y capel bellach."

"Huw, 'machgen i, mae'n naturiol i bob un ohonon ni golli ffydd dros dro. Mae'n digwydd yn aml ar ôl profedigaeth. Rhai'n darganfod ffydd, rhai'n colli ffydd, dyna drefn pethau, ond fedrwn ni ddim dial ar y Bod Mawr am bob ergyd sy'n disgyn arnon ni."

"Nid rhywbeth sydyn dros dro ydi o, Mr. Lewis, rhywbeth cynyddol wedi ei resymu dros gyfnod o amser."

"Hyd yn oed os ydi hynny'n wir, dydi o ddim o anghenraid yn rheswm dros beidio â dod i'r capel. Ac mi wnâi les i chitha' Mrs. Morris. Codi allan a chyfarfod pobl a chyfeillion mewn moddion gras."

"Mi ddo' i os daw Mam."

"Dyna ni. Popeth wedi'i setlo. A Huw, fyddwn i ddim yn ymboeni rhyw lawer am golli ffydd. Braint yr ifanc yw amau'r tadau."

Chafodd ymbil y gweinidog ddim dylanwad ar fy mam. Er i mi ei chymell sawl tro i godi allan, doedd dim yn tycio. Bodlonai ar aros yn y tŷ drwy'r dydd yn hel meddyliau.

Ar y dechrau roedd Bethan yn derbyn cyflwr Mam heb gwyno. Fel y trôi wythnosau yn fisoedd fe ballodd ei hamynedd hithau.

"Huw, wyt ti'n dechra' blino arna' i?"

"Paid â siarad yn wirion."

"Ond dydan ni byth braidd yn gweld ein gilydd."

"Mi wyddost yn iawn pam."

"Dy fam."

"Ia, mi gymrith amsar iddi ddŵad dros golli 'Nhad."

"Faint o amsar, Huw?"

"Wn i ddim. Ma' hi wedi newid yn gyfan gwbl."

"Ma' hi'n fy nghasáu i."

"Nac ydi. Dydi o ddim yn natur Mam i gasáu neb."

"Wel dydi hi ddim yn dangos llawar o groeso."

"Mi wn i hynny."

"Wel!"

"Be' fedra' i 'i wneud? Fedra' i mo'i brifo hi. Bob tro y bydda' i'n trio rhesymu efo hi mae hi'n dechra' crio."

"Ma' hi'n dy ddefnyddio di."

"Ma' ganddi hawl i 'nefnyddio i."

"A pha hawl sy' gin i arnat ti? Ydw i'n rhwbath mwy na dipyn bach o bleser pan fydd hi'n gyfleus?"

"Bethan, paid â gadael inni ffraeo. Mi wyddost y gwnawn i rywbeth er dy fwyn di; rho amsar imi."

Ildio wnâi Bethan, ond mi wyddwn nad oedd gen i hawl disgwyl gormod ganddi. Fe aeth pethau'n bur esmwyth am gyfnod. Mam yn goddef imi fynd allan yn achlysurol, Bethan yn ymddangos yn gymharol fodlon, a minnau'n ymdaflu fy hun i waith ysgol. Yn rhyfedd iawn, John Jones, nid fy mam oedd achos yr ail ffrae.

"Mi welais i di p'nawn ddoe o bell."
"O."
"Mewn cwch efo John Jones, Tŷ Pren."
"Do, mi es allan efo fo am ryw awr yn y cwch bach. Roedd y môr yn dawel."
"O, dwyt ti ddim yn gwadu'r peth, felly?"
"Pam ddyliwn i?"
"John Jones, Tŷ Pren, o bawb."
"A be' sy' o'i le arno fo?"
"Be' sy o'i le arno fo! Hen ddyn budur yn byw ar 'i ben 'i hun yn 'i faw."
"Sut gwyddost ti?"
"Ma' pawb yn gw'bod."
"Fuost ti yn 'i dŷ o 'rioed?"
"Naddo, a dydw i ddim yn bwriadu mynd 'chwaith."
"Wel, mi rydw i wedi bod, lawar gwaith. Dydi 'i dŷ o ddim yn fudur, i'r gwrthwynab mae o'r tŷ mwya' gwâr y bûm i ynddo fo 'rioed."
"Chlywaist ti mo'r holl straeon 'na amdano fo?"
"Do. Celwydd i gyd. Straeon pobol genfigennus sy'n ceisio pardduo'r hyn maen nhw'n methu ei ddeall."
"Ac mae'n well gin ti 'i gwmni o na fi?"
"Na. Ond mi rydw i'n hoffi bod yn 'i gwmni o."
"Yn enw'r nefoedd, pam?"
"Am i fod o'r dyn mwya' diwylliedig . . ."
"Diwylliedig! Cranc."
"Na, Bethan, mae o'n ddyn crwn. Mi hoffwn i ei efelychu o a . . ."
"A bod yn feudwy."
"Na, wna' i byth feudwy. Ond mae o wedi trafaelio, wedi profi, wedi gweld ac wedi dod i delera' â fo'i hun."
"A fo sy'n rhoi syniada' yn dy ben di."
"Na, dydi o byth yn rhoi syniada', dim ond fy ysgogi i i feddwl."

"Meddwl am Rydychen."

"Mewn ffordd o siarad."

"Pam na fedri di fod yn fodlon ar yr hyn sy' gin ti? Mi allat ti fynd i Goleg Amaethyddol am flwyddyn . . ."

"Ond does gin i ddim mymryn o ddiddordab mewn ffermio."

". . . ac yna mewn rhyw dair blynadd mi fedrwn ni'n dau gymryd gofal o Graig y Wennol."

"Bethan. Paid â thrio trefnu'r dyfodol . . ."

"Ond mi rydw i'n dy golli di, dy golli di i dy fam, dy golli di i John Jones, Tŷ Pren, a dy golli di i ryw freuddwyd hurt am Goleg yn Lloegr."

"Gwranda, Bethan. Ella 'mod i ar fai yn peidio sôn am John Jones wrthat ti ynghynt. Wn i ddim pam, am 'i fod o wastad wedi bod yn gyfrinach, mae'n debyg, ond mi alla' i dy sicrhau di nad oes 'na ddim bygythiad o'i gyfeiriad o. A dydi petha' ddim yn hawdd efo Mam. Mi dd'wedaist ti gynna' 'i bod hi'n dy gasáu di. Neithiwr mi ges i fy nghyhuddo o ddifetha'i bywyd hi. Fi oedd yn gyfrifol am inni adael Tŷ Capel, medda' hi. Dyna oedd cychwyn ein holl ofidiau, gwaeledd a marwolaeth fy nhad ac unigrwydd Tŷ Brith. Pe bawn i wedi dal fy nhafod mi fyddai popeth yn iawn. Y gwir ydi na fuo Mam yn ymddwyn yn rhesymol ers tro byd. Mae gin i dri math o ddihangfa, gweithio, ambell i sgwrs efo John Jones a dy gwmni di. Rho amsar i mi, Bethan."

Aeth hydref yn aeaf a gaeaf yn ei dro'n wanwyn a minnau'n llwyddo rywsut neu'i gilydd i gadw'r ddesgl yn wastad, neu dyna gredwn i. Un nos Sadwrn ym Mai a minnau newydd ddanfon Bethan adref fe ddeuthum wyneb yn wyneb â'r hen Elin Jones, ein cymdoges agosaf.

"Chdi sy' 'na, Huw?"

"Ia, Elin Jones, fi sy' 'ma."

"Mi rydw i'n hynod o falch i mi dy ddal di. Wedi bod

yn meddwl ca'l gair efo ti ers tro byd ac yn methu dy ddal di ar dy ben dy hun."

"Wel, os oes na rywbeth galla' i 'i wneud . . ."

"Na nid gofyn cymwynas ydw i. Poeni rydw i, wedi bod yn poeni ers peth amsar, am gyflwr dy fam. Ma' hi'n dirywio, Huw."

"Wel, dydi hi ddim yn gwella . . ."

"Ma' hi'n mynd drwy gyfnod anodd, Huw."

"Mi wn i fod colli 'Nhad wedi ca'l effaith drom arni hi, a'i bod hi'n isel a digychwyn."

"Nid dyna'r unig reswm, 'ngwas i. Ma' 'na gyfnod yn dŵad ym mywyd pob gwraig pan ma' 'na newidiada' mawr yn digwydd yn y corff. Ma' hynny ynddo'i hun yn creu iseldar. Yn achos dy fam ma' petha wedi mynd i'r eitha' un."

"Be' fedra' i wneud, Elin Jones?"

"Bod yn amyneddgar efo hi. Peidio â chymryd gormod o sylw o'r hyn ma' hi'n 'i ddeud, dydi'r gryduras fach ddim yn meddwl yr hannar."

"Na, mi wn i hynny."

"Ac mi fyddwn i'n galw'r doctor. Mae hi wedi colli pwysa'n go arw'n y tri mis ola' 'ma. Ydi hi'n b'yta'n go lew, Huw?"

"Ma' hi'n gwneud pryd i mi erbyn y do' i adra' o'r ysgol. Rhyw bigo b'yta fydd hi, wn i ddim be' wneith hi yn ystod y dydd."

"Peryg ma' esgeuluso'i hun ma' hi. Gofala di 'i bod hi'n ca'l bwyd maethlon, Huw. Mi bicia' inna' i'w gweld hi ryw ben bob dydd tra byddi di yn 'r ysgol 'na."

Fe ddaeth y doctor a rhoi ffisig a thabledi i Mam, ac fe ddaeth lliw yn ôl i'w gruddiau. Dechreuodd gymryd diddordeb o gwmpas y tŷ ac yn ara' bach fe giliodd y braw a gododd geiriau Elin Jones.

PENNOD 7

Yr oedd hi'n agosáu at ddiwedd tymor yr haf, disgyblion y Chweched Uchaf yn torheulo'n bowld wedi cwblhau pob arholiad, a ninnau'r Chweched Isaf, yn methu'n lân â chanolbwyntio ar na phwnc nac athro. Syllwn drwy ffenestr y dosbarth yn llawn cenfigen ar ddau bâr o ddisgyblion oedd yng nghornel eithaf y cae chwarae.

". . . a beth ydi'r gwahaniaethau rhwng y ddwy gerdd rydyn ni newydd eu darllen? Cymru ydi testun y ddwy, a Gwenallt ydi'r bardd . . . Huw?"

Roedd fy meddwl i'n dal yng nghornel y cae chwarae.

"Huw Morris, rydw i newydd ofyn cwestiwn i chi?"

"Mae'n ddrwg gin i Mr. Hughes, roedd fy meddwl i 'mhell."

"Gwenallt ydi'r testun, nid y Bardd Cwsg. Mi wn i ei bod hi'n agosáu at . . ."

Daeth cnoc ar y drws ac fe gerddodd bachgen o'r bedwaredd flwyddyn i mewn.

"Ia, Selwyn?"

"Mae'r Prifathro isio gweld Huw Morris ar unwaith, syr."

"Can croeso i'r Prifathro. Mi geith ei gadw fo o'm rhan i. O'r gora' Huw, ffwr' â chi."

Wrth imi gerdded i lawr y grisiau ac ar hyd y coridor teimlwn yn anghysurus. I mi gofio, wnes i ddim byd mawr o'i le. Dyma'r tro cyntaf yn fy hanes imi gael gwŷs o'r fath. Curais ar y drws derw.

"Mewn! . . . O, Huw, chi sy' 'na. Dewch i mewn . . . y 'steddwch. Fel y gwelwch chi mae'r Parchedig Emlyn Lewis wedi galw i'ch gweld chi. Ia . . . wel mi a' i er mwyn i chi'ch dau gael siarad. Bore da, Mr. Lewis."

"Bore da, Mr. Richards, a diolch yn fawr."

Aeth y Prifathro allan gan gau drws ei ystafell yn dawel ar ei ôl.

"Mam sy' ynte, Mr. Lewis?"

"Ia, Huw."

"Ydi hi'n ddrwg iawn?"

"Wel, drwy drugaredd, mi gafodd Elin Jones hyd iddi hi a galw'r meddyg heb oedi . . ."

"Be ddeudodd y doctor? Lle ma' hi rŵan? Oes 'na rywun efo hi?"

"Paid â chynhyrfu 'machgen i, mae hi mewn dwylo diogel. Fe aed â hi i'r ysbyty ym Mangor. Mi elli di fod yn dawel dy feddwl i bopeth gael ei wneud er ei lles hi."

"Welsoch chi hi, Mr. Lewis."

"Naddo, dim ond cael gair brysiog efo Elin Jones. Ond mi awn ni'n dau yn syth i'r ysbyty y munud 'ma. Mi gefais ganiatâd y Prifathro. Tyrd Huw, mae'r car wrth y drws."

Roedd yn rhaid edmygu Mr. Lewis; er i mi esgeuluso mynychu ei gapel yr oedd yn barod ei gymwynas. A chwarae teg iddo fo, wnaeth o ddim ceisio fy nghysuro efo ystrydebau gwag. Hoeliodd ei sylw ar y ffordd wrth yrru'n ofalus ar hyd y Lôn Bost.

Roedd o'n gyfarwydd â threfn yr ysbyty. Aed â ni ar ein hunion at ochr gwely fy mam. Yr oedd llenni o amgylch y gwely a nyrs mewn gwisg las yn cadw golwg arni hi. Prin yr oeddwn yn ei hadnabod. Yr oedd ei hwyneb fel y galchen, cleisiau duon o dan ei llygaid a gwaed yn diferu o botel i wythïen yn ei braich. Er bod ei llygaid yn gwbl agored doedd hi'n gweld neb.

"Peidiwch â phoeni, mae hi'n edrych yn waeth na'i chyflwr. Mae hi wedi colli gwaed ac mae'n rhaid rhoi *transfusion* iddi hi, ac mi benderfynodd y doctor roi *injection* iddi hi gael gorffwys. Mi gysgith rŵan tan y bore."

"Oes modd inni gael gair efo'r meddyg, fy merch i?"

"Dydw i ddim yn meddwl y gall neb ddweud fawr ddim ar hyn o bryd. Mi fyddwn ni'n cadw golwg arni hi dros y dyddiau nesa' 'ma. Y peth pwysig ydi iddi hi gael gorffwys a chael cyfle i gryfhau."

"Fydd hi'n iawn i mi ffonio?"

"Bydd wrth gwrs. Cofiwch chi, fydd 'na fawr o newid yn 'i chyflwr hi am beth amser. Mae hi'n wan iawn. Fyddwn i ddim yn dod i'w gweld hi tan Ddydd Sadwrn."

"Mae'n well i ni fynd, Huw. Mi adawa' i fy rhif ffôn yn y swyddfa. Mi ddaw'r ysbyty i gysylltiad os digwydd rhyw newid."

Tawedog oedd y ddau ohonom wrth ddychwelyd yn ôl yn y car.

"Ddoi di acw am bryd o fwyd, Huw? Mi fydd Megan acw'n fwy na pharod i wneud tamed o ginio i ni."

"Diolch am y cynnig, Mr. Lewis. Mi rydach chi wedi bod yn hynod o garedig."

"Dim o gwbwl. Wyt ti'n siŵr rŵan?"

"Ydw, diolch. Mi hoffwn i fod ar fy mhen fy hun am ychydig, dydw i ddim wedi medru dod i delera' â'r sefyllfa eto."

"Ti ŵyr ora'. Cofia di alw os bydd angen rhywbeth, ddydd neu nos."

"Diolch, Mr. Lewis."

Ac mi wyddwn i ei fod o'n gwbl ddiffuant. Cerddais i lawr y llwybr i gyfeiriad Tŷ Brith. Roedd Mam yn iawn, fuo fo erioed yn gartref, dim ond breuddwyd o gartref pan oedd fy Nhad yn ceisio troi cynlluniau yn sylwedd. Wrth agor drws y tŷ gwag doedd gen i ddim ffrwyn ar na rheswm na theimlad. Eisteddais yn y parlwr ffrynt nes i'r haul fachlud yn goch dros glogwyn Tŷ Pren a suddo i'r môr.

Yn sydyn daeth curo gwyllt ar y drws.

"Huw, wyt ti yna? Huw!"

Bethan oedd yno. Codais i agor y drws iddi.

"O, Huw. Newydd gl'wad ydw i. Sut 'ma dy fam?

"Dydi hi ddim yn edrych yn dda iawn, Bethan."

"Ond be' ddigwyddodd?"

"Wn i ddim yn iawn. Mi gafodd Elin Jones hyd iddi a galw'r doctor. Y cyfan wn i ydi 'i bod hi wedi colli gwaed."

"Welist ti hi?"

"Do. Mi aeth Mr. Lewis y gweinidog â fi i'r ysbyty. Roedd hi'n edrach yn fychan, Bethan. Cleisia' o dan 'i llygaid hi. Golwg wyllt yn 'i llygaid hi oedd yn llydan agorad er i bod hi'n anymwybodol. Mi ddylwn fod wedi rhagweld hyn."

"Paid â beio dy hun."

"Mi ges i rybudd gan Elin Jones wythnosau'n ôl. Roedd hi wedi gweld, a finna' oedd yn byw efo hi yn gwbwl ddall."

"Rwyt ti'n rhy galad arnat dy hun."

"Ydw i? Fi fynnodd adael Tŷ Capal. Fi fynnodd fynd yn ôl i'r ysgol, a thra oeddwn i'n ca'l y gora' allan o bopeth wnes i ddim ymgais i drio dallt 'i chyflwr hi."

"Mi arhosaist efo hi . . ."

"Aros, do. Y fi yn ymgolli yn fy myd bach hunanol fy hun a hitha'n hel meddylia'."

"Dwyt ti ddim yn deg â ti dy hun. Doedd hi ddim yn hawdd mynd i fyd dy fam. Mi ddylwn i fod wedi g'neud mwy. Ac mi fedrwn ni wneud mwy. 'Drycha, mi eith Iestyn â chdi i'w gweld hi yn yr ysbyty ac mi ddo' i efo chdi."

"Dydd Sadwrn dd'eudon nhw . . . does dim rheswm mynd tan ddydd Sadwrn."

"Iawn, 'ta. Mi awn ni ddydd Sadwrn. Wyt ti wedi ca'l bwyd?"

"Naddo, dydw i ddim awydd dim."

"Mae'n rhaid iti gymryd rhywbeth. Mi wna' i bryd o fwyd iti rŵan a dyna ben arni hi."

"Bethan . . . diolch iti am alw."

"Be' arall oeddat ti'n 'i ddisgwyl?"

Prysurodd Bethan i'r gegin a chyn pen dim roedd aroglau cig moch yn treiddio i'r parlwr ffrynt. Codais a mynd i'r gegin.

"Dyma ti, mae o bron yn barod. A Huw . . ."

"Be'."

"Roedd Mam yn d'eud fod dy fam yn mynd drwy oed drwg. Paid â beio dy hun ormod. Mi wellith mi gei di weld."

"Wyt ti'n meddwl o ddifri'?"

"Dyna dy ddrwg di. Mi rwyt ti'n trio rhesymu pob peth. Mae merchaid yn meddwl efo'u teimlada'. Rŵan, tyrd, bwyta hwn bob tama'd."

Fe safodd yn fy ngwylio i'n bwyta. Doedd dim angen fy nghymell, doeddwn i ddim wedi cael tamaid ers amser brecwast.

"Ei di i'r ysgol fory?"

"Na, mi arhosa i o gwmpas y tŷ 'ma, rhag ofn."

"Wel ty'd i tŷ ni am dy ginio."

"Na, ma' well i mi aros yma. Rhag ofn i'r gweinidog alw. Mi roddodd o'i rif ffôn i'r ysbyty. P'un bynnag mae gin i amsar i feddwl."

"Paid ti â dechra' hel meddylia'."

"Nid dyna oedd gin i mewn golwg. Mi rydw i'n gymysglyd i gyd. Wn i ddim be' i' wneud am y gora'."

"Aros a gweld sut bydd dy fam ddydd Sadwrn. Mi

fydd petha'n siŵr o edrach yn wahanol. Wyddost ti be', ma'n well i mi fynd ne' mi fydd Mam yn dechra' poeni."

"Mi ddo' i i dy ddanfon di. Mi wneith awyr iach les imi."

A dyma gychwyn law yn llaw i gyfeiriad Craig y Wennol. Teimlo agosrwydd Bethan a theimlo tyndra digwyddiadau'r dydd yn ymlacio. Pan ddaethom i olwg Craig y Wennol mi ddwedodd Bethan rywbeth cwbl annisgwyl.

"Mi fydda' i'n gw'bod pan fydda' i'n agosáu at adra', teimlo 'mod i tu mewn i ffinia' Craig y Wennol a 'mod i'n saff. Mi fedrwn ni'n dau fod yn saff yma 'sti."

Cusanais hi'n ysgafn ar ei gwefus.

"Diolch iti am ddŵad. Mi gwela' i di ddydd Sadwrn."

Chysgais i fawr y noson honno. Meddyliau ac atgofion yn troi ac yn trosi yn fy mhen. Consurio atgofion melys o ddyddiau plentyndod i geisio dileu'r ddelwedd welw o wyneb fy mam ar wyn y gobennydd. Ceisio dirnad creulondeb ffawd.

Pan ddechreuodd wawrio mi godais a gwisgo, gwneud tamaid cyflym o frecwast a chychwyn cerdded i gyfeiriad y môr. Doedd neb o gwmpas, dim i darfu ar heddwch y dydd heblaw trydar adar a bref ambell i ddafad. Yr oedd y môr ' fel llyn llefrith ' ys dwedai fy mam. Prin fod crych ar ei wyneb. Roedd mymryn o niwl haf yn hofran uwchlaw'r dŵr nes gwneud y cyfarwydd yn anghyfarwydd. Ar y chwith i mi roedd Tŷ Pren, ac ar y dde, Craig y Wennol. Tybed mai dyma oedd dau begwn fy newis?

Gallwn fentro i'r byd mawr cynhyrfus. Mentro tu draw a thu hwnt i gyffredinedd bywyd bob dydd pentref glan y môr. Mentro i fyd syniadau newyddion, teithio i wledydd dieithr. ' Am nad oedd gwyrthiau'r Arglwydd/ Ar lannau Menai dlawd '. A phe gwnawn i, tybed fyddwn innau'n dychwelyd adref fel Twm Pen Ceunant gynt, a'm hwyliau'n garpiau i gyd?

Neu fe allwn aros rhwng cadernid ffiniau Craig y Wennol yn draddodiadol, saff. Cyfaddawdu ychydig, dechrau cydymffurfio, derbyn y cydnabyddedig yn ddigwestiwn, mynd i'r capel ar y Sul, dychwelyd yn ôl i glydwch y nyth.

Oedd rhaid dewis rhwng y ddau? Ynteu ffansi'r bore ydoedd y dewis tybiedig, ffansi fyddai'n diflannu gyda'r niwl.

Yr oedd fy mhen yn llawn o eiriau a syniadau ffansïol yn ymgiprys â'i gilydd er mwyn osgoi gorfod meddwl am gyflwr Mam. Ychydig wedi saith cerddais i gyfeiriad y pentref a galw'r ysbyty ar y ffôn. Y cyfan ddywedon nhw oedd fod Mrs. Morris yn gyfforddus ac nad oedd dim newid wedi bod yn ystod y nos.

Yn ystod y dydd fe geisiais ddarllen a chael fy hun yn darllen ac yn ailddarllen yr un dudalen dro ar ôl tro. Araf iawn oedd treigliad amser. Am y tro cyntaf medrais amgyffred unigrwydd.

Gyda'r nos euthum unwaith eto i'r pentref a ffonio'r ysbyty, a chael yr un ateb, air am air bron. Dychwelyd ar hyd llwybrau oedd yn osgoi tai a phobl a gwneud i'r daith bara er mwyn osgoi, hyd y foment olaf, orfod dychwelyd i dŷ gwag. Es yn syth i 'ngwely a chysgu cwsg anesmwyth.

Trannoeth codais yn fore unwaith eto, ond wedi codi yr oedd yn anodd gwneud dim i brysuro treigl amser. Mi es i'r pentref am wyth er fy mod i'n gwybod erbyn hyn beth fyddai'r ateb o'r ysbyty. Diwrnod arall ac fe fyddwn yn ei gweld a gallu bod yn esmwythach fy meddwl. Yn ôl yn Nhŷ Brith dechreuais chwilota mewn droriau a chypyrddau i ladd amser. Syndod oedd sylweddoli cymaint ohonof i oedd ar glawr a chadw. Hen luniau, toriadau o bapurau newydd, rhaglenni eisteddfodau, tystysgrifau, pob un wedi ei gadw a'i drysori, pob un yn cofnodi rhyw ddigwyddiad oedd o bwys i ni fel teulu o dri. Ymgollais yn llwyr wrth ddwyn i gof ddegau o ddigwyddiadau, ac wrth gofio, ail-fyw'r profiadau ac aildeimlo teimladau cynnes plentyndod.

Yr oeddwn yn syllu ar lun tîm pel droed y pentref, tîm Robin Starch. Yng nghanol y llun a'r bêl rhwng ei goesau fe eisteddai Robin, ac ar gwr eithaf y llinell ôl yr oeddwn i, y chwaraewr wrth gefn, yn falch fel paun bach, ac os cofiaf yn iawn, yr un mor lliwgar. Mi dalodd dwyn 'fala'r diwrnod hwnnw . . . Yn sydyn daeth cnoc ar ddrws y cefn. Mr. Lewis y gweinidog oedd yno.

"Huw. Mi roeddwn i'n rhyw obeithio y byddwn i'n dy ddal di yn y tŷ."

"Oes rhywbeth wedi digwydd i Mam? Gawsoch chi neges o'r ysbyty?"

"Paid â chynhyrfu dy hun, Huw. Rŵan, 'stedda ac mi wna' i fy ngorau i egluro pethau."

"Felly, mi gawsoch chi neges o'r ysbyty?"

"Do, fe ddaeth neges ffôn rhyw hanner awr yn ôl . . ."

"Ac mae Mam yn waelach . . . dydi hi ddim wedi m . . ."

"Na, mae dy fam yn fyw, a thra mae bywyd mae gobaith."

"Mae hi yn waelach . . ."

"Huw, 'machgen i, wn i ddim sut i roi hyn yn iawn. Yn gorfforol dydi hi ddim wedi gwaethygu dim, os rhywbeth mae hi'n gryfach."

"Ydi hi wedi dod ati'i hun?"

"Mae hi'n effro ond dydi hi ddim mo hi'i hun. Wyt ti'n gweld Huw, mae ei meddwl hi wedi mynd."

"Be 'dach chi'n feddwl?"

"Mae hi wedi colli 'i phwyll, Huw. Ŵyr hi ddim pwy ydi hi na beth mae hi'n ei ddweud."

"Effaith y cyffuria'?"

"Mi awgrymais i hynny. Fel y gwyddost ti amharod iawn ydi awdurdodau'r ysbytai i drafod gwaeledd neb dros y ffôn, ond mi sicrhaodd y nyrs fi nad effaith unrhyw gyffur oedd ar dy fam."

"Ga' i fynd i'w gweld hi?"

"Wel, wela' i ddim . . ."

"Mi a' i heno. Mi a' i i 'molchi a newid ac os rhowch chi lifft imi i'r pentra' mi alla' i fod ym Mangor cyn saith."

"Nid ym Mangor mae dy fam bellach, Huw."

"Ddim ym Mangor? Ond does 'na ddim ysbyty'n nes . . ."

"Fe aed â hi i Ysbyty Dinbych toc ar ôl cinio heddiw. Mi ffoniais i'r ysbyty yno cyn cychwyn. Y cyfan gefais i oedd cadarnhad ei bod hi wedi cyrraedd."

Yr oeddwn yn hollol fud. Mam yn y Seilam. Sawl gwaith y buom ni'n gwneud sbort am anfon pobl i ' Ddinbach '?

"Mi a' i â chdi yno fory. Mae'n well inni gychwyn ar ôl cinio cynnar. Mi gymrith awr a hanner dda yn y car."

"Pam oedd yn rhaid mynd â hi i Ddinbach?"

"Ches i ddim manylion o gwbl."

"Ond dydi hi ddim yn wallgo."

"Nac ydi Huw, wrth gwrs dydi hi ddim. Gwael ydi dy fam, ac ambell waith mae mwy o arbenigrwydd mewn ysbyty fawr."

"Doedd ganddyn nhw ddim hawl i fynd â hi yno."

"Mae gen i bob amser ffydd ym marn doctoriaid. Lles dy fam, gwellhad dy fam sydd ganddyn nhw mewn golwg. Efallai y bydd cyfnod byr o orffwys a chyfle i gryfhau yn gorfforol yn llesol iddi hi. Mae Duw yn gofalu am ei braidd."

"Does gin i ddim ffydd mewn na Duw na doctor . . . Ma' ddrwg gin i, Mr. Lewis. Ddyliwn i ddim troi arnoch chi. Mi rydach chi wedi bod yn hynod o garedig ac mi rydw i'n gwerthfawrogi'ch caredigrwydd chi."

"Mi alla' i ddeall dy ddicter di, ei ddeall hyd yn oed os na alla' i ei gymeradwyo fo. Fuo bywyd ddim yn garedig iawn wrthyt ti'n ddiweddar 'ma. Mi gawsoch fwy na'ch siâr o brofedigaethau fel teulu mewn cyfnod byr, a titha'n gorfod dwyn y baich. Mae'n rhy hawdd beio'r Hollalluog pan fydd pethau'n mynd o chwith . . . ond nid dyma'r lle na'r amser i drafod diwinyddiaeth. Ddoi di draw efo mi am damaid o swper, Huw?"

"Ddim heno, diolch yn fawr. Mi fydda' i acw yn syth ar ôl cinio cynnar fory."

"Pam na ddoi di i dy ginio 'ta? Mi fydd yn hwylusach i'r ddau ohonon ni, ac mi fyddwn yn sicr o gychwyn mewn pryd."

"Diolch. Mi ddo' i 'ta."

"Dyna well. Mae'n rhaid iti beidio â bod yn rhy annibynnol wyddost ti. Paid ag edrych gormod ar ochr dywyll pethau . . . a beth bynnag wyt ti'n ei gredu ar hyn o bryd, mi fydda' i'n gweddio drosoch chi'ch dau, ti a dy fam."

Ar ôl iddo fo adael y treiddiodd ergyd ei neges o. Mi feddyliais unwaith y gallwn i 'nghaledu fy hun rhag teimlo poen. A dyma fi'n gwbl ddiamddiffyn, yn ddiymadferth. Fedrwn i wneud dim, dim heblaw aros a gobeithio. Yn y pen draw fedrwn i droi at neb . . .

Yn sydyn mi gofiais fod Bethan a Iestyn wedi trefnu i fynd â mi i weld Mam ym Mangor. Mi ddylwn adael iddyn nhw wybod. Codais a chychwyn am Graig y Wennol.

Dewisais y llwybr oedd yn arwain i gyfeiriad y môr a

cherdded yn araf yn y llwydolau nes cyrraedd ceg y ffordd gul oedd yn arwain i'r ffermdy. Roedd golau siriol yn llifo o ffenest' cegin Craig y Wennol. Dychmygais weld y teulu'n gryno o amgylch y bwrdd swper a Helen Parry'n gweini'n warchodol dros ei thylwyth. Arafais ac oedi wrth y giât, oedi rhag gorfod tarfu ar yr olygfa oedd yn llun yn fy meddwl. Oedais yn hir cyn troi a cherdded i gyfeiriad y pentref. Euthum i mewn i'r bwth ffôn a galw Bethan.

"Helo," atebodd llais Bethan. Teimlais ryddhad am mai hi atebodd y ffôn.

"Fi sy' 'ma, Huw."

"O, Huw. Mi rydw i'n falch o gl'wad dy lais di. Mi rydw i wedi bod bron â marw isio galw i dy weld di, ond roeddat ti mor bendant y noson o'r blaen dy fod ti . . ."

"Gwranda . . ."

"Mi ffoniais i'r ysbyty ddwy waith. Y cyfan ddeudon nhw oedd 'i bod hi'n gyfforddus ac nad oedd 'na ddim newid . . ."

"'Drycha, fydd dim . . ."

"O gyda llaw mi fydd Iestyn a finna' acw erbyn un fory. Mi fyddwn ni ym Mangor mewn hen ddigon o bryd achos mae Iestyn yn gyrru fel ffŵl bob tro mae o'n ca'l benthyg car 'Nhad . . ."

"Gwranda am eiliad bach . . ."

"O le ti'n ffonio? Dwyt ti ddim wedi ca'l newydd drwg . . . Yn yr ysbyty wyt ti?"

"Na yn y pentra'. Galw i ddeud oeddwn i na fydd dim angan i chi ddŵad fory."

"Ydi dy fam yn waelach? A finna'n parablu fel ffŵl . . ."

"Wn i ddim yn iawn sut ma' Mam. Maen nhw wedi 'i symud hi o Fangor i ysbyty . . ."

"Wneith hynny ddim gwahaniaeth. Mae'r car ar gael drwy'r dydd . . ."

". . . i Ysbyty'r Meddwl yn Ninbach."

Torrodd y llif geiriau nes fy mod yn gallu clywed y distawrwydd.

"Bethan, wyt ti yna?"

"Ydw, mi rydw i'n dal yma . . ."

Oedodd cyn ateb a gadael i ddiwedd y frawddeg hofran.

"Wel, gan nad ydw i'n siŵr eto o gyflwr Mam, ella y byddai'n well i mi fynd ar fy mhen fy hun fory . . ."

"Dydi Iestyn ddim adra ar hyn o bryd . . ."

". . . a gweld yn union be sy' wedi digwydd . . ."

". . . wn i ddim p'ryd i'w ddisgw'l o adra'. Mi fedra' i ga'l gair efo fo . . ."

"Na paid â'i boeni o heno. Mi fydd gofyn imi gychwyn yn weddol gynnar."

"Wyt ti'n siŵr?"

"Yn berffaith siŵr."

"Wel . . . os wyt ti'n deud . . ."

"Mi fydd 'na gyfle eto. Unwaith y bydda' i wedi 'i gweld hi . . . mi fydda i'n falch o ga'l lifft gan Iestyn ryw dro eto. A Bethan?"

"Ia."

"Galwa draw nos Sadwrn ne' ddydd Sul . . . Nos dawch."

"Nos dawch."

Hi roddodd y ffôn i lawr gyntaf. Bûm yn sefyll yno am rai eiliadau yn gwrando ar rŵn mecanyddol y ffôn ar ôl iddi ddatgysylltu.

Ar fy ffordd adref drwy'r pentref sylwais fod y golau'n dal ymlaen yn nhŷ'r gweinidog. Wn i ddim beth yn hollol wnaeth fy nghymell i i agor y giât a churo ar y drws ffrynt. Roedd elfen o siom, a rhywbeth dyfnach. Efallai i mi sylweddoli'n llawn am y tro cyntaf mai fy nghyfrifoldeb i a neb arall oedd Mam bellach, fi oedd yr unig berthynas gwaed oedd ar ôl.

Agorwyd y drws gan y gweinidog ei hun.

"Huw! Wel tyrd i mewn."

"Na, ddo' i ddim i mewn heno, Mr. Lewis. Mae hi wedi mynd braidd yn hwyr."

"Deryn go hwyr ydw i wyddost ti. Wnei di ddim tarfu dim arna' i."

"Na, wir, mi fydd yn well i mi beidio."

"Oes 'na rywbeth wedi digwydd? Wyt ti wedi cael rhyw newydd pellach?"

"Naddo. Mi rydw i wedi ca'l amsar i feddwl. Ynglŷn â fory, mi fydda'n well i mi weld Mam ar fy mhen fy hun."

"Ond sut yn y byd mawr yr ei di?"

"Mi fedra' i gyrraedd mewn pryd ar y bws."

"Does dim rhaid gwneud hynny. Mi fedra' i fynd â chdi ac mi gei di weld dy fam ar dy ben dy hun. Mi alla' i bicio i weld cyfaill i mi sy'n byw yn Y Groes tu allan i'r dref... Mi alla' i ddeall y bydda'n well gen ti fod ar dy ben dy hun yng nghwmni dy fam . . . Dyna sy'n dy boeni di?"

"Ia, i ryw raddau. Peidiwch â meddwl fy mod i'n gwrthod caredigrwydd, dydw i ddim, ond teimlo rydw i ma' fi . . . heb ddim cymorth gan neb, ddyla' wynebu beth bynnag sy' i'w wynebu, fory. Mi fydd yn rhaid i mi fy hun ddŵad i delera' â'r ffaith fod Mam yn lle mae hi. Ar ôl fory mi fydda i'n ddiolchgar iawn os medrwch chi fynd â mi yno yn y car."

"Unrhyw dro. Mi wyddost hynny. Dydw i ddim yn rhy hapus dy weld ti'n mynd dy hun bach."

"Dyna fydd ora'. Mae'n ddrwg gen i'ch poeni chi'r adag yma o'r nos."

"Dim o gwbl, dim o gwbl . . . a Huw?"
"Ia, Mr. Lewis?"
"Y . . . nos dawch, 'machgen i, nos dawch."
"Nos dawch Mr. Lewis . . . a diolch."

Roedd hi'n noson serog braf ac awel gynnes ysgafn yn anwesu fy wyneb. Pe bawn i'n gymeriad mewn drama mi fyddai hi'n storm enbyd o fellt a tharanau

PENNOD 8

Ychydig iawn gofia' i am y daith honno ar y bws i Ddinbych Pethau od a digyswllt sy'n glynu yn y cof. Het flodau gwraig siaradus, haen o lwch ar ffenest' flaen y bws deulawr o Fangor a rhywun wedi crafu â'i fys ' N.P. loves L.J. ', un faneg ledr frown ar lawr yn y gornel a rhwyg yng ngorchudd y sedd gyferbyn â mi. Rhaid fy mod wedi mynd drwy bentrefi a threfi arfordir y gogledd ond does gen i ddim cof am na Llanfairfechan na Llanelwy na hyd yn oed dref Conwy a'i phont a'i chastell.

Mi gofia' i sut roeddwn i'n teimlo. Yn ystod y daith brigodd tryblith o deimladau'n llym i'r wyneb. Euogrwydd am i mi fod mor ddall i gyflwr fy Mam. Ofn yr hyn fyddai yn fy wynebu ar ddiwedd y daith. Unigrwydd unig blentyn yn gorfod wynebu argyfwng, a chywilydd am fod fy Mam mewn gwallgofdy.

Ymhen hir a hwyr cyrhaeddais dref Dinbych a chael ar ddeall fod dwy ysbyty yn y dref. Holi'r ffordd i Ysbyty'r Meddwl ac argraffu ar y person fy mod yn mynd yno i edrych am ffrind. Roedd hanner milltir a mwy o waith cerdded o ben y dref i'r ysbyty. Dilynais ffordd weddol gul oedd yn dringo'n araf heibio i hen sinema a welodd ddyddiau gwell, heibio i res o dai oedd yn nythu yn y graig, nes cyrraedd muriau'r castell ar y chwith imi. Rhedai'r ffordd yn gyfochrog â'r muriau am beth o'r ffordd, yna disgyn yn bur serth i lawr pwt o allt. Yr oedd yn llethol o boeth a'r tar ar y ffordd yn codi'n swigod fel triagl yng ngwres yr haul. Cerddais i lawr yr allt a throi'r gornel. O'm blaen, yn codi'n fygythiol o lesni Dyffryn Clwyd, yr oedd yr ysbyty. Adeilad llwyd, cadarn fel carchar, yn sefyll mewn llwyn o goed.

Ymlaen â mi at borth y brif fynedfa a dilyn ffordd gul oedd yn arwain at res o risiau a drws anferth. O'm deutu roedd gwelyau blodau a choed yn sbloet o liw ond nid oeddynt yn lliniaru dim ar lwydni bygythiol y prif adeilad. Dringais y grisiau cerrig, cerdded drwy'r drws dwbl a chanu cloch oedd ar y chwith i'r cownter gwag.

"*Yes? May I help you?*"

Cerddodd gwraig ganol oed o ryw guddfan y tu ôl i'r cownter.

"Ydach chi'n siarad Cymraeg?"

"Ydw, tipyn bach. Pwy wyt ti isio gweld, cariad?"

"Marged . . . Margaret Morris o Sir Fôn. Mi ddaeth i mewn ar ôl cinio ddoe."

"Pa *relation* wyt ti, cariad?"

"Mab."

"*Son*", medda hi wrth ysgrifennu. "A pwy ydi'r *next of kin* . . . dy dad?"

"Na. Fi ydi'r unig berthynas gwaed. Mae fy nhad wedi marw."

"*Father deceased* . . . aros di am funud cariad imi gael gweld y *list*. *O.K.*, dyma ni, Morris, Margaret yn *Female* 8*A*. Aros di funud, cariad, mi ro' i *phone* i *Sister*."

Aeth yn ei hôl i'w chuddfan ac fe'i clywais yn siarad yn gyflym ar y ffôn yn Saesneg. Mewn llai na munud roedd hi yn ei hôl.

"Wyt ti'n gwbod dy ffordd i *Female* 8*A*, del? Mi gei di fynd i weld dy fam rŵan."

"Na, does gen i ddim syniad. Fûm i 'rioed yn 'y mywyd yma o'r blaen."

"Mi ro' i *directions* iti, 'ta. Rŵan, gwranda di, ma' hyn tipyn bach yn *complicated*. Dos *first left*, yna *sharp right*, yna ar hyd y coridor i'r *very end*. Wedyn *left* wrth y *fork* a *carry on* am tua *twenty yards* a mae 8*A* y *third door* ar y *left*. Iawn, del?"

"Diolch."

Dilynais ei chyfarwyddiadau a chychwyn cerdded coridor hir llydan, waliau trwchus o bobtu a theils feinyl o batrwm geometrig yn sgleinio fel gwydr dan draed. Dod at y fforch yn ddidrafferth a chadw i'r chwith. Sylwi fod y coridor yn culhau wrth i mi fesur ugain llath mewn camau bras. Aros wrth y trydydd drws ar y chwith a chanu'r gloch. Clywed tincial swp o oriadau, yna'r agoriad yn troi'n drwm ac yn llyfn yn y clo cyn i'r drws agor. Tu ôl i'r drws safai merch mewn gwisg felen.

"Wedi dod i weld Mam. Mi ffoniodd y wraig wrth y ddesg i ddeud 'mod i ar fy ffordd."

"O, ia. Margaret Morris. Dowch ar fy ôl i, mi a' i â chi at *Sister*."

Cyn i ni symud ber dyma hi'n cloi'r drws y tu ôl inni. Dilynais hi i ystafell fechan ar y chwith lle'r eisteddai gwraig bryd tywyll mewn gwisg las.

"Sister Jones, *visitor* i Margaret Morris."

"Ia, chi ydi'r mab ynte."

"Ia. Sut ma' hi?"

"Mae hi o dan *heavy sedation* ar hyn o bryd. Pan oeddwn i i mewn ola' roedd hi'n cysgu."

"Ond ma' hi rywfaint bach yn well?"

"Fedrwn ni ddim deud llawer eto. Yma o dan *observation* mae hi. Dydyn ni ddim wedi cael *case history* eto."

"Does 'na ddim hanes o . . . o wallgofrwydd yn y teulu."

"Na, na, *medical records* oeddwn i'n 'i feddwl."

"Pam ddaethon nhw â hi yma?"

"Fedra' i ddim dweud dim wrthoch chi . . . dydi'r doctor ddim wedi gwneud ei rownds eto . . . y cwbwl wn i ydi'i bod hi i fod dan *sedation* a'n bod ni i gadw golwg ar y *blood pressure*."

"Ydi o'n iawn imi fynd i'w gweld hi."

"Ydi, siŵr. Mi ddo' i efo chi."

Dilynais hi i mewn i hunllef o ystafell. Ynddi, yma ac acw, yn sypiau swrth ar gadeiriau yr oedd gweddillion yr hyn a fu unwaith yn ferched. Hen ferched llygadrwth yn glafoerio fel babanod, merched yn siglo'n rhithmig i fiwsig mud, merched oedd yn ddim byd namyn croen am asgwrn, merched heb urddas na balchder ynghlwm wrth gadair olwyn, pob un yn barodi brwnt o'r harddwch a briodolir i ferch. Un peth oedd yn gyffredin rhyngddynt, y diffyg gobaith yn eu llygaid oedd yn brawychu dyn.

Cododd un ohonynt a cherdded tuag ataf gan estyn ei dwy fraich i'm cofleidio. Rhaid bod y *Sister* wedi synhwyro'r braw oedd yn fy mharlysu.

"Tyrd, Mary fach, 'stedda'n y fan yma'n eneth dda."

Siaradai â hi fel pe bai'n blentyn dwyflwydd, ac arweiniodd hi'n ddidrafferth i gadair oedd yn ymyl y ffenest'. Eisteddodd yno a dechrau siglo yn ôl ac ymlaen gan sugno'i bawd.

"Mae Mary'n ddigon diniwed. Mi eith yn syth am bawb mewn trowsus. Mi fuodd 'i gŵr hi farw ugain mlynedd yn ôl."

Aethom drwodd i'r ystafell gysgu. Yno, yn unig, eiddil, fechan gorweddai fy mam, dillad gwyn wedi eu lapio fel amlen amdani, a barau heyrn yn gawell o'i chwmpas. Roedd ei llygaid hi'n agored. Plygais drosti a sibrwd.

"Mam. Mam, fi sy' 'ma, Huw."

"Chlywith hi ddim. Mae effaith yr *injection* gafodd hi'n gryf. Mi'ch gadawa' i chi am ryw chwarter awr. Dyma chi, mae 'na gadair yn y fan yma."

Eisteddais yno'n ufudd yn syllu'n syn o'm blaen. Nid fy mam i oedd hon. Dieithrwch diamgyffred oedd yn llygaid hon, y syllu gwyllt hwnnw deimlais i yn ysbyty Bangor, ac eto wyneb chwyddedig llwyd fy mam oedd yn ffrâm i'r llygaid.

Toc fe ddaeth y Sister yn ei hôl a chymell:

"Well i chi fynd rŵan. Fydd 'na ddim newid am oriau."

"Dyna ddeudon nhw wrtha' i ym Mangor."

"Be'?"

"Deud na fydda' 'na ddim newid, ond ma' 'na newid wedi digwydd."

"Dydw i ddim yn eich deall chi . . ."

"Mae 'na rywbeth mawr wedi digwydd iddi hi a does neb yn fodlon deud dim."

"Wel, mi ddywedais i'r cyfan a wn i."

"Ga' i . . . oes modd i mi gael siarad efo doctor?"

"Wel, Dr. Parry sy'n gyfrifol . . . wn i ddim ydi o ar gael heddiw . . . mi fedrwn i drio'i swyddfa fo."

"Mi fyddwn i'n ddiolchgar dros ben. Mi rydw i wedi teithio o bell. Mi fydda'n well gen i ga'l gwbod."

"Arhoswch chi yn y fan yma. Mi ffonia i drwodd. Os ydi Dr. Parry yn yr adeilad . . ."

"Diolch."

Daeth yn ei hôl mewn rhyw bum munud.

"Rydych chi'n lwcus, mae Dr. Parry i mewn ac mi ddaw yma i gael sgwrs efo chi. Well i chi ddŵad i fy 'stafell i."

Ac fe daeth Dr. Parry ar ei union bron. Dyn canol oed a'i wallt crych yn dwmpath aflêr ar ei ben.

"Huw Morris, mab Margaret Morris ddaeth i mewn ddoe ydi'r bachgen ifanc yma. Mi fuasa'n hoffi cael mwy o wybodaeth am ei fam."

"Diolch, *Sister*."

"Wel, Huw, ychydig iawn wyddon ni hyd yma. Mi wyddoch, wrth gwrs, fod eich mam wedi bod yn colli pwysau dros gyfnod o amser, mae hi ychydig dan chwe stôn ar hyn o bryd. Mi wyddoch hefyd iddi golli gwaed, cael *haemorrhage* drom iawn cyn iddi hi gyrraedd Bangor."

"Wyddwn i ddim 'i bod hi wedi colli cymaint o bwysau."

"Mae hi hefyd wedi bod yn dioddef o iselder?"
"Ydi, er pan fu farw 'Nhad."
"Pryd yn union ddigwyddodd hynny?"
"Blwyddyn yn ôl, blwyddyn union bron i'r adeg yr aeth Mam yn wael."
"A faint ydi oed eich mam?"
"Pedwar deg pump."
"Ia, oed drwg."
"Pam ddaethon nhw â hi i'r fan yma, Doctor."
"Am ei bod hi'n isel iawn pan ddaeth hi ati ei hun ym Mangor."
"Ia, ond pam fan'ma?"
"Roedd hi am roi diwedd ar ei bywyd, Huw."
"Fasa' hi byth yn gneud hynny."
"Mi driodd Huw . . ."
"Dydw i ddim yn eich credu chi. Roedd hi'n rhy wan i wneud dim."
"Oedd a dyna pam mae hi'n dal yn fyw. Ond roedd y bwriad yna, Huw."
"Sut y gwyddoch chi?"
"Does dim rhaid i chi ymladd yn fy erbyn i Huw, doctor ydw i fel pob doctor arall sy'n ceisio iacháu pobl ac achub bywyda'. Roedd symptomau eich mam yn rhai clasurol, hynny ydi, roedd mwy i afiechyd eich mam na gwendid corfforol ac yn ôl y ffordd yr oedd yn ymateb roedd hi mor isel nes ei bod yn gweithredu'n gwbl afresymol, mewn geiriau eraill, yn debygol o wneud niwed iddi hi ei hun."
"Mewn geiriau eraill, yn wallgof."
"Mewn geiriau eraill yn ddynes wael iawn. Gwaeledd ydi salwch meddwl, wyddoch chi, gwaeledd sydd yn codi'n aml iawn, fel o bosib yn achos eich mam, o wendid corfforol. Y drwg ydi nad ydyn ni'n fodlon derbyn mai gwaeledd ydi'r hyn ddewiswch chi ei alw'n wallgofrwydd."

"A be' ydi'r ateb felly?"

"Does 'na byth ateb syml. Mae mwy nag un ffordd o drin iselder. O hyd ac o hyd mae cyffuriau newydd yn dod, cyffuriau sy'n codi'r iselder. Yna mae therapi drydan sydd yn effeithiol iawn gyda rhai cleifion . . ."

"A Mam, be' ydi rhagolygon Mam?"

"Wn i ddim. Fe all wella . . . Os gwneith hi, mi gymerith amser. Os bydd hi'n cryfhau mae modd defnyddio'r dulliau rydw i newydd eu trafod dros gyfnod o fisoedd. Os felly, fe all wella'n ddigon da i ddod adref a byw bywyd eitha' llawn."

"Ac os methith hynny . . .?"

"Mae llawdriniaeth, *leucotomy* ydi enw'r driniaeth, lle y gellir torri drwy'r benglog a, mewn ffordd o siarad, dileu'r iselder o'r ymennydd. Mae'r driniaeth hon wedi cael mesur helaeth o lwyddiant, ond mi fyddwn i'n bersonol yn troi pob carreg cyn dewis llawdriniaeth."

"Beth ydi'ch barn chi ar ragolygon fy mam . . . hynny ydi ydach chi'n meddwl o ddifri' y bydd hi'n gwella?"

"Doctor ydw i, nid proffwyd."

"Mi rydw i'n sylweddoli hynny. Gofyn am eich barn onest chi'r ydw i."

"Wel, mae dau beth yn fy mhoeni. Yn gyntaf cyflwr corfforol eich mam. Yr ail beth ydi fy mod i'n amau ei bod hi wedi cael *seizure*."

"Be' yn hollol mae hynny'n ei feddwl?"

"Alla' i ddim bod yn sicr o hyn gan nad ydyn ni ddim wedi cael cyfle i archwilio'ch mam yn iawn eto ond rydw i'n credu bod hi wedi cael *seizure*, hynny ydi math o drawiad ar yr ymennydd. Yr hyn sy'n digwydd ydi fod 'na waedlif bach yn yr ymennydd, gwythïen fach yn torri ac yn effeithio ar ymddygiad person."

"Fe allai hynny fod wedi digwydd cyn iddi hi fynd i Fangor."

"Os digwyddodd o mi allai fod wedi digwydd unrhyw adeg er pan welsoch chi hi gartref."

"Ac mae'n bosib' ma' hynny sy'n effeithio ar 'i meddwl hi."

"Ydi . . . mae'n bosibl."

"Os ydi'ch damcaniaeth chi'n wir, ydi hynny'n debyg o wella siawns Mam?"

"Eto, wn i ddim. Mi all wella'n llwyr, fel mae pobl yn gwella ar ôl cael strôc, teimlad yn dod yn ôl i fraich a choes neu leferydd yn dychwelyd. Ar y llaw arall fe all hon fod yn gychwyn cyfres . . . ac os digwydd iddi gael un drom tra mae hi yn y fath wendid, mi allai fod yn angheuol."

"Diolch i chi am fod mor onest."

"Mae ichi groeso. Mae'n ddrwg gen i na fuaswn i mewn safle i roi gwell newydd i chi. Pryd fyddwch chi'n dod i weld eich mam nesa?"

"Mi fyddaf yma'n bendant wythnos i heddiw."

"Wel gofynnwch amdana' i bryd hynny. Mi ddyliwn fod â mwy o wybodaeth erbyn hynny. Yn y cyfamser oes 'na rywbeth arall y medra' i ei wneud?"

"Na . . . oes un peth. Oes raid i Mam aros yn y ward yna efo'r merchaid ofnadwy 'na?"

"Dydi'ch mam ddim yn ymwybodol o'u bodolaeth nhw."

"Nac ydi, ond mi rydw i. Mi fyddwn i'n dawelach fy meddwl . . ."

"O'r gorau, mi ofala' i y bydd hi'n cael ei symud i *Female* 7, dyna lle'r oedd hi i fod ond fod yma brinder gwelyau."

"Diolch. A diolch i chi am eich amser."

Wrth i mi adael y ward yr oedd yr un ferch yn ei gwisg felen yno i agor y drws imi ac i'w gloi ar fy ôl. Roedd hi'n hwyr erbyn i mi gyrraedd adref a llwyddais i gyrraedd

Tŷ Brith heb orfod wynebu neb yr oeddwn yn ei adnabod. Eisteddais yn y gadair freichiau a chysgu. Rywdro yn ystod y nos mi ddeffrais, dringo'r grisiau, dadwisgo a mynd i 'ngwely. Ddaeth cwsg ddim, dim ond y drychiolaethau o ferched oedd yn bodoli dan glo tu ôl i furiau llwydion Ysbyty Gogledd Cymru.

Arhosais yn y tŷ drwy'r dydd y diwrnod canlynol. Doedd arna' i ddim awydd gweld neb. Yr un pryd wyddwn i ddim beth i'w wneud. Llusgodd y dydd fel pregethau yr hen Idwal Williams ers talwm, a minnau'n methu dyfeisio dim i lenwi amser.

Yn hwyr yn y nos daeth cnoc ar y drws. "Bethan," meddwn i wrthyf fy hun. Yr oeddwn wedi bod yn ei disgwyl drwy'r dydd. Agorais y drws yn eiddgar. Yno yn sefyll ar stepan y drws roedd John Jones.

"John Jones!"

"Wyt ti ar dy ben dy hun, Huw bach?"

"Ydw, dowch i mewn."

"Wel dim ond am funud bach. Wyt ti'n disgwyl rhywun?"

"Na, welais i'r un creadur drwy'r dydd. Does na neb yn debyg o alw bellach."

"Digwydd pasio'r oeddwn i. Mynd am dro bach ar ôl swpar."

"Ia."

Yr oeddem ein dau fel dau ymaflwr codwm yn rhyw din-droi o gwmpas ein gilydd, yn siarad heb ddweud dim.

"Mi glywais am dy fam, 'i bod hi'n wael . . ."

"Mi fûm i yn 'i gweld hi ddoe."

"Yn y 'sbyty ma' hi felly."

"Ia."

"Mae'n dda wrth lefydd felly. Doedd 'na ddim darpariaeth ar gyfar y tlawd pan oedd yr hen wraig fy mam yn wael. Sut est ti i Fangor?"

"Nid ym Mangor ma' hi John Jones."

"O, a finna'n cymryd yn ganiataol ma' yno y bydda' hi."

"I Fangor yr aeth hi i ddechra'. Mi symudon nhw hi i Ddinbach ddydd Gwener."

"A sut ma' hi erbyn hyn?"

"Ma' hi yn y Seilam, John Jones."

"Ia, mi ddalltis i hynny. Gofyn sut ma' hi rydw i."

"Mae hi wedi ei chloi mewn 'stafell efo . . . efo criw o ferchaid cwbwl wallgo . . ."

"Dal dy afa'l, 'r hen ddyn. Hidia befo'r 'stafall a hidia befo'r merchaid er'ill am funud . . . Rŵan 'ta, sut roedd dy fam?"

"Mewn gwendid."

"Gest ti air efo un o'r meddygon?"

"Do. Mi ddeudodd 'i bod hi'n wan iawn yn 'i chorff a'i bod hi wedi colli'r awydd i fyw. Mae 'na bosib i bod hi wedi colli'i phwyll . . . na wellith hi ddim, ac os gwneith hi y cymrith o fisoedd lawer . . . Ar y llaw arall fe all hi gael trawiad ar yr ymennydd unrhyw adeg."

"Dyna'r gwaetha' all ddigwydd. Unwaith mae dyn wedi wynebu'r gwaetha' mae popeth arall yn dechrau syrthio i'w le, rywsut. Mae siawns iddi hi wella hefyd?"

"Oes, mae siawns iddi hi wella."

"Rwyt ti'n gyndyn i drafod bod modd iddi hi wella."

"Nid cyndyn i drafod, cyndyn i gydnabod."

"Be' yn hollol ddeudodd y meddyg wrthat ti?"

"Deud nad oedd o'n siŵr eto. Mi all wella wrth iddi gryfhau ac os cafodd hi drawiad ysgafn fe all hwnnw glirio."

"Dydi petha' ddim yn ddu i gyd, felly."

"Os oes coel ar eiriau meddyg."

"Ac mi'r wyt ti'n amau 'i eiria' fo?"

"Wn i ddim be' i' gredu. Mi ddeudodd o 'i bod hi wedi ceisio'i lladd 'i hun pan oedd hi ym Mangor. Mae hynny'n golygu 'i bod hi wedi colli'r awydd i fyw."

"Gwendid. Be' yn hollol ddeudodd o?"

"Dyna'r drwg, ddeudodd o ddim byd yn hollol. Doedd y manylion o Fangor ddim wedi cyrraedd i gyd. Mi soniodd rywbeth am 'symptomau clasurol' oedd yn awgrymu 'i bod hi wedi colli 'i phwyll. Yna mi ddeudodd ella 'i bod hi wedi cael trawiad ac y byddai trawiad yn gneud iddi hi ymddwyn yn wahanol. Mi wnaeth i ora' i egluro ond roedd bod yn y diawl lle 'na'n codi arswyd arna' i."

"Ydi'r ffaith fod dy fam mewn Ysbyty Meddwl yn dy boeni di'n fwy na'i chyflwr hi."

"Doedd dim rhaid iddyn nhw 'i rhoi hi'n y fan yna. Ddyla' neb orfod bod mewn lle fel'na."

"Wyt ti'n cofio ni'n ca'l sgwrs ers talwm am 'farn' a 'rhagfarn' . . ."

"Trafod llenyddiaeth oeddan ni'r adag hynny . . . wela' i ddim fod a wnelo hynny â phobol go iawn."

"Ma' 'na bobol go iawn, ys dwedi di, mewn llenyddiaeth a dynion o gig a gwaed 'r un fath â chdi a fi sy'n sgwennu llenyddiaeth."

"Welsoch chi mo'ch mam ych hun mewn ward o wallgofion."

"Naddo, ond mae'n debyg fod y gwallgofion yn fam neu'n chwaer neu'n ferch i rywun sy'n dal yn fyw. Yn 'tydyn?"

"Ydyn, 'debyg."

"Rŵan, tria anghofio, ac mi wn i 'i fod o'n anodd, ym mha ysbyty y mae dy fam a thrio canolbwyntio ar 'i chyflwr hi. Y peth pwysig ydi gweld dy fam yn gwella ac yn dŵad adra'n ôl yma'n ddynas iach. Yntê?"

"Ia."

"Rŵan, ta, inni ga'l mynd yn ôl at ragfarn am eiliad. Mae pobl ar hyd yr oesoedd wedi bod ofn unrhyw beth na fedran nhw'i ddallt. Mi fedran gydymdeimlo efo dyn pan ma' ganddo fo annwyd ne' gur yn 'i ben . . . mi fedran ddallt hynny. Ond fedran nhw ddim dallt salwch meddwl ac o ganlyniad mae o'n codi brawia' arnyn nhw. Naill ai maen nhw'n chwerthin am ben y gwallgo, a dydi hwnnw byth yn chwerthin iach naturiol, ne' maen nhw'n dangos atgasedd. 'Drycha di fel mae cymdeithas wedi cloi pobol â nam ar 'u meddylia' o'r golwg mewn adeilada' fel carchardai. Diolch i'r drefn mae petha'n dechra newid o'r diwadd."

"Ydyn nhw?"

"Yn ara' deg, ydyn, goelia i. Y peth cynta' y bydd raid i ti 'i wneud fydd derbyn ma' sâl ydi dy fam."

"A beth am bobol er'ill?"

"Hidia befo pobol er'ill. Gad iddyn nhw fyw efo'u rhagfarna'. Ma' rhaid i ti dderbyn dy fam fel ma' hi. Os oes rhaid iddi hi dreulio'r wythnosa' ne' hyd yn oed y misoedd nesa' yn ysbyty Dinbach, cofia di ma' ysbyty ydi hi."

"Mi oedd gin i gwilydd gorfod mynd yno."

"Oedd, mi greda' i di. Mae o'n deimlad digon naturiol. Dydi hi ddim yn hawdd bod yn wrthrychol mewn cyfnod o argyfwng, mae popeth mor gymhleth ar y pryd, yn 'tydi?"

"Ydi."

"Felly'r oedd petha pan oedd yr hen wraig fy Mam yn wael. Dy oed di oeddwn i. Mi aeth hitha'r gryduras yn ddigon rhyfadd a finna'n rhy ifanc a gwirion i fedru dallt be' oedd yn digwydd iddi hi. Y cyfan fedri di 'i wneud mewn amgylchiada' felly ydi bod yn amyneddgar."

"Dwi'n falch ych bod chi wedi galw. Mi roeddwn i'n

reit gymysglyd cyn i chi ddŵad, yn ca'l fy nhynnu bob ffordd ac yn methu'n lân â dallt y gwahanol deimlada' oedd yn digwydd tu mewn imi."

"Dos i gwmni pobol, dos i'r ysgol a thria angori dy hun wrth betha' cyfarwydd bob dydd ac os byddi di awydd sgwrs rywdro, mi fydda' i ar gael."

"Dydw i ddim awydd mynd ar gyfyl yr ysgol."

"Wel, gorfoda dy hun i fynd. Mi wneith fyd o les iti . . . a Huw?"

"Ia, John Jones."

"Paid â chau dy feddwl. Ma'r pentra' ma'n llawn o bobol sy' â'u meddylia' nhw'n gaeëdig."

Yna mi drodd y sgwrs yn gelfydd a mynd â mi yn ôl i fyd y sgyrsiau fydden ni'n arfer eu cael ar aelwyd Tŷ Pren. Ymhen y rhawg mi gododd a mynd gan adael o'i ôl arlliw o gadernid tawel ei bersonoliaeth.

PENNOD 9

Doedd hi ddim yn hawdd mynd yn ôl i'r ysgol Ddydd Llun. Ar ôl cyrraedd yno fe deimlai pobman yn ddieithr fel pe bawn wedi bod i ffwrdd am amser maith. Anodd oedd amgyffred fod cymaint wedi digwydd mewn cyfnod mor fyr. Ond fel yr âi'r bore rhagddo ymdoddais i drefn gyfarwydd digwyddiadau'r dydd. Synnais wrth ddarganfod fy mod yn gallu chwerthin am ben digrifwch yr hogiau ac erbyn diwedd y bore yr oedd holl ddigwyddiadau'r penwythnos dan reolaeth a gallwn eu gwthio ar dro i gefn fy meddwl.

Y noson honno ymdaflais i waith ysgol a mynd ati o ddifrif i ysgrifennu traethawd. Er i mi ymgolli yn y gwaith ac er i mi fod wrthi tan oriau mân y bore, drwy gydol yr adeg yr oeddwn yn disgwyl clywed sŵn troed Bethan y tu allan i'r drws. Ddaeth hi ddim.

Yr oedd dydd Mawrth gymaint yn haws. Fe aeth y dydd yn rhwydd tan amser cinio. Roedden ni'n un haid yn yr Ystafell Gymraeg ar ddiwedd gwers pan ddwedodd Dei Glan Traeth:

"Hei, hogia', peidiwch â mynd, ma' gin i jôc."

"Ddim un o dy jôcs budur di Dei," medda' Menna Pritchard.

"Na, ma hon yn lân fel tîn babi, wir rŵan. Mi oedd y ddau foi 'ma yn seilam yn Ninbach a dyna lle'r oedd un yn sefyll ar ben bwrdd yn dal 'i law allan, a'r llall wrthi yn naddu darn o bren ar y bwrdd wrth 'i draed o. Dyma'r doctor penna'n cerddad i mewn, gweld y boi yn sefyll a gofyn i'w fêt o: 'Be mae o'n 'i 'neud yn y fan yna'n sefyll ar ben bwrdd?' 'O', medda'r mêt, 'peidiwch â chymryd sylw o Jac, mae o'n meddwl ma' bylb gola' lectrig ydi o.' ' Wel, pam na ddeudwch chi wrtho fo am symud,' medda'r doctor penna'. ' Peidiwch â bod mor wirion,' medda'r mêt, "fedra' i ddim gweithio'n twll-wch.' "

Ffrwydrodd chwerthin drwy'r ystafell. Teimlais ddicter yn codi tu mewn imi ac roeddwn i ar fin troi ar Dei pan gofiais i eiriau John Jones. Wythnos yn ôl mi fyddwn wedi chwerthin gyda nhw. Doedd gen i ddim hawl disgwyl i bawb newid oherwydd fy mod i mewn argyfwng.

"Be' sy'n bod, Huw?" gofynnodd Rhodri. "Ydi'r jôc yn rhy dywyll iti?"

"Nac ydi, Rhodri. Mae hi'n jôc mor hen, mi ddylia' hi ga'l pension Lloyd George."

Drannoeth roedd hi'n ddiwrnod ymweld yn yr ysbyty a dyma gychwyn y daith unig i Ddinbych. Y tro yma yr oedd pethau yn haws. Fe wyddwn beth i'w ddisgwyl. Fel yr ysgytiai'r bws deulawr ar hyd arfordir y Gogledd yr oeddwn innau'n magu hyder. Hyder y gallwn ddygymod â pha sefyllfa bynnag a'm hwynebai yn amyneddgar a heb gywilydd, a hyder tawel fod y gwaethaf trosodd, y byddai fy mam, yn hwyr neu'n hwyrach, yn dychwelyd yn holliach i Dŷ Brith.

Nid oedd angen holi'r ffordd pan gyrhaeddais dref Dinbych. Disgynnais ar ben y dref a cherdded y ffordd oedd yn hogi min y castell. Wrth droi'r tro ar waelod yr allt a dod i olwg yr ysbyty, yr oedd yr adeilad mawr, llwyd yn dal i fygwth. Yr adeilad hwn, yn hytrach na murddun y castell ar y bryn, oedd yn bwrw'i gysgod dros y darn yma o'r dyffryn bellach.

I mewn â mi drwy'r un fynedfa a dringo'r grisiau cerrig ac agor y drws dwbwl. Nid yr un wraig oedd y tu ôl i'r cownter y tro yma. Er ei bod yn wahanol o ran pryd a gwedd, yr un oedd ei hymateb a'r un oedd ei Chymraeg carbwl. Trodd o ganol sgwrs efo un o staff yr ysbyty.

"*Yes?*"

"Wedi dod i edrych am fy mam, Margaret Morris."

"Ti'n gwbod pa ward ma' hi?"

"Mi roedd hi yn *Female 8A*. Mi soniodd y doctor y bydda' hi'n cael ei symud os bydda' 'na wely sbâr."

"Morris . . . o le, del?"

"O Sir Fôn."

"Mi ro' i ring i 8*A*. Aros am funud, del."

Ymhen ychydig eiliadau fe ddaeth yn ei hôl.

"Yn y *Female Medical* ma' hi rŵan. Heibio i 8*A to the very end*, yna *left* wrth y *junction* a syth ymlaen i'r pen, *right?*"

"Iawn. Mi rydw i'n meddwl y medra' i gofio . . . O, mi ddeudodd Dr. Parry wrtha' i am ofyn i gael 'i weld o."

"*Ask Sister*, del."

Dilynais y ffordd drwy'r rhwydwaith o goridorau nes cyrraedd *Female* 8*A*. Fedrwn i ddim llai na theimlo arswyd wrth gofio am y merched hynny oedd wedi eu cloi hyd ddiwedd eu dyddiau y tu ôl i'r drysau. Ymlaen â mi, troi i'r chwith a dilyn y coridor i'w ben draw eithaf. Yma roedd ffin rhwng yr hen adeilad ac estyniad a wnaed mewn cyfnod diweddarach. Yn fy wynebu roedd drws ac arno gloch yn union fel drws y ward arall. Canais y gloch a chlywed sŵn siffrwd traed ac allwedd yn troi yng nghlo'r drws. Safai nyrs ifanc mewn gwisg wen yn fy wynebu.

"Wedi dod i edrych am fy Mam, Margaret Morris."

"Well i chi ddŵad efo fi i weld *Sister* gynta."

Yr oedd y ward yma yn debycach i ysbyty draddodiadol. Cyn troi i mewn i swyddfa'r *Sister* mi gefais gip ar ddwy res daclus o welyau, gyda phob un o'r cleifion yn gaeth i'w gwely.

"Mae'r bachgen yma wedi dod i weld Margaret Morris, *Sister*."

"O ia. Steddwch am funud. Mab Mrs. Morris ydach chi?"

"Ia, sut ma' Mam erbyn hyn?"

"Wel, mae hi wedi dŵad rownd. Mi fuodd hi dan *sedation* er pan ddaeth hi i mewn."

"Ac mae hi'n well?"

"Wel mae hi'n gryfach nag oedd hi, er 'i bod hi'n dal yn wan iawn."

"Fydd hi'n iawn i mi fynd i'w gweld hi?"

"Bydd, ond peidiwch â disgwyl gormod. Mae'n edrych yn debyg 'i bod hi wedi cael strôc ysgafn ac mae hi'n cael trafferth siarad."

"Ond mae hi'n gallu siarad yn synhwyrol?"

"Mae hi'n gymysglyd iawn. Dydi hi ddim yn gwbod ble mae hi . . . ac mi gewch drafferth i'w deall hi'n siarad. A does ganddi hi ddim teimlad ar hyn o bryd yn ei braich a'i choes chwith."

"Ydi hynny'n golygu na wneith hi byth ddŵad i siarad yn iawn?"

"Na, mi ddaw gydag amser. Yr unig reswm roeddwn i'n dweud oedd rhag ofn i chi gael sioc wrth 'i gweld hi. Dowch, mi a' i â chi ati hi."

Er fy mod wedi cael rhyw fath o rybudd yr oedd yr olwg ar Mam yn brifo i'r byw. Roedd ochr chwith ei hwyneb yn llipa a hithau'n gorwedd yn gwbl lonydd yn syllu'n syth o'i blaen.

"Mi'ch gadewa i chi. Peidiwch ag aros yn rhy hir."

"*Sister*, cyn i chi fynd, mi ddwedodd Dr. Parry wrtha' i am alw i'w weld o."

"O, mi ffonia i Dr. Parry. Be' ydi'ch enw chi?"

"Huw, Huw Morris. Diolch i chi am fod mor barod i helpu."

Gwenodd a mynd. Eisteddais ar erchwyn y gwely. Doedd dim ymateb.

"Mam, fi sy' 'ma, Huw. Sut rydach chi'n teimlo?"

Edrychais i fyw ei llygaid. Doedd hi ddim yn fy 'nabod i. Plygais drosti a chodi fy llais:

"Ydach chi'n well, Mam?"

Gydag ymdrech fawr llwyddodd i ynganu yn floesg:

"Ydw."

"Ylwch, peidiwch â thrio siarad os ydi o'n straen. Mi rydach chi wedi bod yn wael ond ma' petha'n edrach yn well o lawar erbyn hyn . . . Ma' petha'n iawr adra' . . . pawb yn cofio atoch chi."

Doedd 'na ddim cyfathrach yn digwydd, doedd 'na ddim adnabyddiaeth yn ei dau lygad na hyd yn oed arlliw o symudiad ar ei hwyneb.

"Mi alwodd Mr. Lewis y gweinidog. Mae o wedi bod yn dda iawn efo mi. Roedd o am ddŵad yma i'ch gweld chi ond mi ddois i ar y bws heddiw. Efo fo y bydda' i'n dŵad y tro nesa'."

"Y . . . ydi lle-estri'r cymun . . . yn lân?"

"Llestri'r cymun? O, llestri'r cymun, ydyn, maen nhw'n lân, yn sgleinio fel swllt. Mi fyddwch chi'n ca'l dŵad adra cyn bo hir medda'r nyrs. Ar ôl i chi gael gorffwys a chyfla i gryfhau mi gewch ddŵad. Peidiwch â phoeni dim am y tŷ, mae'r lle'n eitha' taclus ac mi ddaw Elin Jones i roi help llaw imi erbyn y dowch chi adra'."

"Pw' . . . pw' ydaach chi . . . felly?"

Crafodd ei geiriau drwy'r haen denau o hyder ffug fel na fedrwn innau bellach guddio mewn gair na goslef na gweithred ddagrau'r sefyllfa. Ond doedd hi ddim yn sylweddoli.

Teimlais gyffyrddiad ysgafn ar fy ysgwydd. Y *Sister* oedd yno.

"Well i chi fynd rŵan. Mae'n well iddi hi gael gorffwys. Mi gefais i afael ar Dr. Parry, ac mae o isio ichi alw yn ei offis o am dri o'r gloch. Mae hi reit yn ymyl *reception*. Ac os ydach chi isio 'paned o de ne' goffi mi fedrwch chi gael peth yn y *main hall*.

Roedd hi'n ugain munud i dri pan adewais y ward. Dilynais yr arwyddion a dod at y brif neuadd. Agorais y drws a cherdded i mewn i ystafell helaeth fel Neuadd y Dref yn Llangefni. Mewn un gornel roedd dwy wraig yn gwerthu te a bisgedi. Yma ac acw yn ddeuoedd ac yn drioedd eisteddai ymwelwyr a'r cleifion oedd yn ddigon iach i fod o gwmpas. Prynais gwpanaid o goffi a mynd i eistedd wrth fwrdd gwag. Hawdd oedd adnabod y cleifion. Yr oedd rhyw odrwydd o gwmpas eu gwisg a stamp y sefydliad ar eu gwedd a'u hymddygiad.

"'Sgin ti ffag, gwael?"

"By . . . be'?"

"Ffag, smôc . . ."

"Ma'n ddrwg gen i, dydw i ddim yn smocio."

"Peth 'sglyfaethus i' 'neud," meddai gan dyrchio yn y blwch llwch oedd ar y bwrdd nes cael hyd i ddau stwmp. Dyn bychan penwyn ydoedd ac ychydig o swagr yn ei gerdded.

"'Sgin ti fatsian, 'ta?"

"Wel, nac oes, ma' ddrwg gin i."

"Fi ydi Maer C'narfon 'sti. Wyddost ti'r castall?"

"Gwn."

"Mi dwi am brynu hwnna 'sti. Ti'n siŵr na 'sgin ti ddim matsys?"

"Ddim un."

Ac i ffwrdd â fo at fwrdd arall lle'r oedd gwraig a sigaret yn ei cheg ac mi'i clywais o'n gofyn:

"'Sgynnoch chi dân, musus?"

Yr oedd yn dri munud i dri ar gloc y neuadd. Codais a mynd i chwilio am swyddfa Dr. Parry. Yr oedd drws ei ystafell ar agor. Edrychais i mewn.

"O dewch i mewn, 'machgen i, a steddwch. Arhoswch

imi gael cau'r drws yma er mwyn i ni gael 'chydig o lonydd."

"Mi rydw i i newydd fod efo fy mam."

"A sut roeddach chi'n 'i gweld hi?"

"Doedd hi ddim yn fy 'nabod i."

"Ydach chi'n siŵr? Oedd hi'n siarad?"

"Oedd, mi lwyddodd i ddweud brawddeg ne' ddwy."

"Fyddwn i ddim yn poeni am ei lleferydd hi. Roeddwn i'n iawn, mae hi wedi cael trawiad ysgafn, strôc os leciwch chi."

"A be' sy'n gyfrifol am hynny?"

Fe all fod yn un o ddau beth. Weithiau mae gwendid mewn gwythïen fechan ac mae honno'n torri ac achosi *haemorrhage* sydd yn ei dro yn effeithio ar yr ymennydd. Ar y llaw arall fe all yr un cyflwr gael ei achosi gan glot bychan. Wn i ddim beth fu'n gyfrifol am gyflwr eich mam."

"Ydi hi'n debygol o wella?"

"Os mai gwendid mewn gwythïen fechan yn unig fu'r achos, neu os mai clot bach sy'n gyfrifol, mi ddaw mewn amser i fedru llefaru ac mi ddaw'r teimlad yn ôl i'w haeloda' hi."

"Felly mae'r rhagolygon yn obeithiol."

"Mae'n anodd iawn dweud. Mi all gael trawiad arall, trawiad llawer trymach ac fe all hwnnw fod yn ormod iddi hi. Mae hi'n dal yn wan iawn."

"Ond os y ceith hi orffwys ac os y gwneith hi gryfhau . . .?"

"Mae un peth bach arall yn fy mhoeni i. Mae'r ffaith nad oedd eich mam yn eich adnabod chi, ochr yn ochr â'r adroddiadau gefais i o'r *C & A* ym Mangor, yn gwneud i mi feddwl y gall fod mwy na strôc yn effeithio ar feddwl eich mam."

"Ac os ydi hynny'n wir?"

"Huw, gadewch i ni geisio cael eich mam yn gorfforol iach gynta'. Mi fydd y dyddiau nesaf 'ma'n *critical.* Does 'na ddim gair Cymraeg sy'n cyfieithu ystyr *critical*, a'r cyfan fedrwn ni 'i wneud ydi bod wrth law."

"Fel unrhyw ysbyty arall."

"Yn union fel unrhyw ysbyty arall."

"Ac mi fydd yn iawn i mi ffonio?"

"Bydd, wrth gwrs. Ydach chi ar y ffôn? Mi fydda'n ddoeth i chi adael eich rhif yn y swyddfa."

"Mi adawa' i rif ffôn y gweinidog. Diolch i chi am fy ngweld i . . . a diolch am ofalu am symud Mam i'r ward arall 'na. P'nawn da."

"Cofiwch mai bodau ffaeledig ydi doctoriaid hefyd. Wyddon ni mo'r cyfan. Mae ganddon ni lawer iawn i'w ddysgu am y meddwl dynol, ac am y corff hefyd o ran hynny. Y cyfan fedra' i' wneud ydi ceisio rhagweld yr holl bosibiliadau."

"Mae'n well gen i ga'l gwbod. Mae peidio â gwbod yn waeth."

"Wel, p'nawn da. Mi obeithiwn ni am y gorau."

Roedd y daith yn ôl yn ddiddiwedd. Bu oedi hir wrth i dagfa o geir ymwelwyr arafu hynt y bws drwy Fae Colwyn a Chonwy. Am ryw reswm yr oeddwn yn ysu am gael cyrraedd adref, yn dyheu am fod yn ôl ymysg pethau cyfarwydd. Er i mi geisio dileu geiriau'r meddyg yr oeddent yn mynnu troi a throsi yn fy meddwl. Weithiau yr oedd tinc gobaith ynddynt a minnau'n gallu dychmygu Tŷ Brith yn gartref a Mam fel roedd hi'n arfer â bod pan oeddwn i'n blentyn. Dro arall yr oeddynt yn lladd pob gobaith a'r dyfodol y tu hwnt i reolaeth.

Cyrraedd Bangor yn hwyr a phob bws ond y bws olaf wedi gadael. Sylweddoli nad oeddwn wedi bwyta dim drwy'r dydd ac er nad oeddwn awydd bwyd euthum i gaffi ar y Stryd Fawr am bryd o fwyd. Bûm yn lladd amser am gryn ddwyawr cyn dal y bws ddeg a theimlo rhyddhad oedd yn ymylu ar bleser wrth groesi Pont y Borth a chyrraedd daear Môn.

Roedd criw o fechgyn wedi ymgasglu ar sgwâr y pentref pan oeddwn i'n disgyn o'r bws. Yn hytrach na cherdded drwy'u canol a gorfod oedi a mân siarad mi drois am adref a dilyn llwybr y môr. Fel y cerddwn yr oedd pelydrau ola'r haul yn goch dros Gaergybi. Cyn pen dim fe fyddai goleuadau South Stack yn fflachio ugain milltir ar draws yr ynys, myfyriais . . . Roedd rhywun yn dod i'm cyfarfod ar hyd y llwybr. Bethan oedd hi. Yn amlwg doedd hi ddim wedi fy ngweld i:

"Noson braf."

"Huw! O, mi roist ti fraw imi."

"Allan yn hwyr."

"O, mynd i nôl bach tractor i Bryn Marian ydw i. Mi dorrodd 'n un ni heno wrth i 'Nhad gario llwyth o fêls. Mi fachodd o'r trelar yn y cilbost. Mae o'n gynddeiriog. Gan fod Iestyn allan yn caru mi gynigais i fynd . . ."

"Lwcus."

"Lwcus be?"

"Iestyn yn lwcus 'i fod o allan yn caru a finna'n lwcus digwydd taro arnat ti."

Roedd hi'n amlwg yn anghyfforddus. Er bod y golau'n pylu'n gyflym methai ag edrych arnaf. Gwingai gan edrych i gyfeiriad ei thraed.

"Wnest ti ddim galw."

"Y . . . naddo . . ."

"Mi fuom i'n dy ddisgwyl di."

"Wel . . . ma' petha' wedi bod fel ffair yn tŷ ni . . . rhwng y gwair a phopeth . . . ac mae 'na ddwy fuwch newydd fwrw llo . . . a Mam, dydi hi ddim o gwmpas 'i phetha'."

"Does dim rhaid iti, 'sti."

"Ddim rhaid imi be'?"

"Hel esgusion."

"Dydw i ddim. Mae . . ."

"Y gwir plaen ydi fod fy mam i yn Ninbach. Dyna pam na wnest ti ddim galw. Dyna pam rwyt ti'n trio f'osgoi i."

"Dydw i ddim yn trio dy osgoi di. Mi rydw i yma, yn 'tydw."

"Wyt, ac ar biga'r drain am ga'l bod yn rhwla arall. Ma' mam Huw Tŷ Brith yn seilam, ma' hi'n wallgo. Dyna sy'n dy boeni di ynte?"

"Paid . . ."

"Ma'n debyg fod pob cythral o bawb yn siarad, yn glafoerio dros y sgandal. A beth os ydi gwallgofrwydd yn carlamu drwy'r teulu?"

"Paid, Huw. Rwyt ti mor chwerw."

"Peth chwerw ydi'r gwir weithia'. A thâl hi ddim i deulu parchus Craig y Wennol fod â chysylltiad ag ynfytion."

"Dydi hynny ddim yn wir."

Yr oedd dagrau yn llifo i lawr ei hwyneb.

"O, ydi mae o. 'Tasa Mam wedi torri ei choes ne'n diodda' o ryw afiechyd arall mi fyddat ti a dy fam yn blastar o gydymdeimlad."

Erbyn hyn roedd hi'n beichio crio. Mi roeswn y byd crwn am gael gafael ynddi hi a'i gwasgu ataf, am fedru ymgolli yn nhynerwch ei chorff hi a gollwng y dagrau oedd wedi bod mor gyndyn i ddod. Ond roedd mur caled rhyngom.

"Am fod Mam yn Ysbyty Dinbach y peidiaist ti â galw, yntê? Yntê?"

"Fedrwn i ddim . . . ond mi rydw i'n dal i dy . . . dy garu di."

"Wyt ti? O mi fuon ni'n dau yn mwynhau cusanu a chofleidio . . . ma' 'na fwy i garu na hynny."

"Mi wn i . . ."

"Roeddwn i dy angen di, Bethan."

"Ydi . . . ydi dy fam yn well?"

"Gofyn er mwyn gofyn wyt ti? Ydi o o ryw wahaniaeth gin ti?"

"Huw, sut fedri di fod mor . . . mor greulon?"

"Mae Mam yn wael iawn. Mae hi wedi cael strôc. Os mai strôc ysgafn ydi hi mi ellith hi wella. Mae'n bosib fod ei meddwl hi wedi mynd. Mi fydda' hynny'n golygu wythnosa', ella misoedd yn Ninbach. Fedri di fyw efo hynny? Fedri di fyw efo rhagfarn pobol y pentra' a rhagfarn dy deulu? Os wyt ti'n fy ngharu i o ddifri, mi fydd yn rhaid iti 'nerbyn i fel rydw i, a derbyn beth bynnag ddigwyddith i Mam. Does gin i ddim hawl arnat ti."

Safodd yno'n ei dagrau heb ddweud dim.

"Does dim rhaid iti atab. Y cyfan mae'n rhaid iti 'i wneud ydi cerddad yn dy flaen i nôl bach tractor i dy dad."

Mi wyddwn i fy mod i'n greulon. Roedd yn rhaid iddi hi wybod y gwir. Safodd yn ei hunfan am hydoedd. Yna trodd a cherdded i'r tywyllwch. Bu bron imi â rhedeg ar ei hôl. Aros wnes i. Y hi oedd i benderfynu. Arhosais ar fin y llwybr am gryn chwarter awr. Doedd gin i ddim awydd mynd adref.

Mynd fu raid. Agor clo drws y cefn. Tin-droi o gwmpas y gegin. Mi fydda'n rhaid imi ofyn i Elin Jones bicio draw i lanhau cyn i Mam ddŵad o'r ysbyty. Dringo'r grisiau i'r llofft a chau'r drws ar y byd. Dechrau meddwl fel yr oedd drysau wedi chwarae rhan mor amlwg yn ystod gwaeledd fy mam. Drysau yn agor, drysau yn cau, cloi drysau . . . yr eiliad honno daeth cnoc ar ddrws y cefn. Tybed? Oedd Bethan wedi newid ei meddwl?

"Huw! Wyt ti yna, Huw?"

Llais dyn. Llais Mr. Lewis y gweinidog.

"Mi fydda' i i lawr, rŵan," gwaeddais. Rhedais i lawr y grisiau. Y munud y gwelais i ei wyneb o mi wyddwn fod rhywbeth mawr o'i le.

"Newydd gael galwad o'r ysbyty, Huw."

"Mae Mam yn waeth . . . wedi cael trawiad arall . . ."

"Ydi, Huw bach."

Roedd gwythïen wedi codi'n wrym ar ei arlais a gallwn weld y gwaed yn pwmpio drwyddi hi. Cofiaf syllu ar yr wythïen yn codi ac yn gostwng yn rhithmig.

"Mae hi wedi marw yn 'tydi?"

"Ydi, Huw, 'ngwas annwyl i, mi fu dy fam farw ychydig wedi deg heno."

"Trawiad arall?"

Daliwn i syllu ar yr wythïen. Sylwais i erioed arni hi o'r blaen.

"Ia.. Trawiad go drwm. Mi wnaed popeth oedd o fewn gallu'r ysbyty."

"Popeth ond 'i chadw hi'n fyw."

"Popeth ond 'i chadw hi'n fyw fel rwyt ti'n dweud."

"Pam? Wnaeth hi ddim byd i neb 'rioed?"

"Nid y ni piau gofyn pam. 'Drwy ddirgel ffyrdd mae'r . . .' "

"Ond mi rydw i'n gofyn pam. Doedd ych Duw chi ddim yn fodlon cymryd 'Nhad heb orfod cymryd Mam hefyd?"

"Rwyt ti wedi cynhyrfu, Huw bach. Tyrd eistedd, mi wna' i gwpanaid o de poeth iti."

"Wrth gwrs fy mod i wedi cynhyrfu . . ."

"Tyrd, eistedda. Mi a' i i helpu fy hun i'r gegin. Cwpanaid o de ydi'r peth gorau o dan yr amgylchiadau.

Na, mi wna' i'r te. Mi steddwn ni efo'n gilydd wedyn dros gwpanaid fach. Mae 'na reswm yn hynny on'd oes?"

"Fedrwch chi ddim rhesymu marwolaeth Mam."

"Na, mae bywyd yn gallu bod yn greulon. Mi fydd Duw yn gefn iti."

"A fedra' i ddim derbyn ych ' Drwy ddirgel ffyrdd ' na'ch ' Na farna Dduw ' chi chwaith."

"Nid fy Nuw i ydi O. Mae O'n perthyn i bob un o blant dynion."

"Pam nad edrychith o ar ôl 'i blant, 'ta?"

"Mae'n anodd iti dderbyn dim ar hyn o bryd. Tyrd, yfed hon, mae hi'n boeth ac yn gryf. Mi wneith les iti."

Yn araf fe giliodd y dicter. Nid arno fo roedd y bai. Eisteddodd gyferbyn â mi a gofid lond ei wyneb. Daliai'r wythïen i guro'n rheolaidd ar ei arlais.

"Mae'n ddrwg gin i imi ymosod arnoch chi."

"Paid â phoeni."

"Nid ymosod arnoch chi roeddwn i."

"Mi wn i. Mi wneith les iti fwrw dy ddicter. Dy duedd di ydi cau pawb allan fel na fedr neb dy gyffwrdd di. Mae gollwng stêm yn hanfodol. Ar ôl inni orffen mi awn ni'n dau i Fryn Awelon acw. Chei di ddim aros yma ar dy ben dy hun heno . . . Na, dim dadlau. Fory mi awn ni'n dau efo'n gilydd i'r ysbyty."

Wnes i ddim dadlau. Dilynais ef yn falch.

PENNOD 10

Gyrrwr pwyllog oedd y gweinidog, gyrrwr gofalus hefyd. Bob tro y byddai'n dod at groesffordd arafai o fewn canllath iddi a gadael i'r hen gerbyd rygnu ymlaen heb newid gêr cyn aros. Doedd o fawr o gredwr mewn newid gêr. Yr oedd ganddo duedd i arafu yn ogystal pan fyddai'n sgwrsio. Fwy nag unwaith bu canu corn cecrus y tu ôl inni gan fodurwyr llai amyneddgar, ond ni chymerai'r gweinidog y sylw lleiaf ohonynt. Dyna'r math o ddyn oedd o. Yr oedd mor sicr o'i ddaliadau fel na allai neb na dim ei daflu oddi ar ei lwybr.

"Mi fydda'n dda gen i pe bawn i'n gallu delio â'r ysbyty fy hun yn dy le di, ond mi fydd raid i ti arwyddo rhai dogfennau. Ti ydi'r perthynas gwaed agosaf, wyt ti'n gweld. Oes 'na ryw deulu agos heblaw Mrs. Gwen Williams, chwaer dy dad?"

"Nac oes, neb."

"Mi ffoniais i gyfaill yn Llangoed, a gofyn iddo fo adael iddi hi wybod. Wn i ddim nes y cyrhaeddwn ni'r ysbyty pa bryd y medrwn ni drefnu'r angladd. Hoffet ti i mi ofalu am hynny?"

"Os gwelwch chi'n dda."

"Ym mynwent Bethel efo dy dad, wrth gwrs?"

"Ia."

"A gwasanaeth yn y capel."

"Wn i ddim."

"Pam yn enw pob rheswm?"

"Fuo Mam na finna' ddim yn capal ers blwyddyn. Dydw i ddim yn credu . . . wn i ddim beth am Mam."

"Yn hollol, wyddost ti ddim. Methu wynebu hen atgofion oedd rheswm dy fam mi greda' i. Wyt ti am wahardd gwasanaeth yn yr eglwys iddi ymysg ei chyd-aelodau? A chofia di, mi oedd dy fam yn aelod. Mi gyfrannodd yn uniongyrchol i mi dros y ddau ohonoch chi. Hi roddodd yr arian yn fy llaw i a mynnu fy mod i'n eu rhoi i drysorydd yr eglwys."

"Na. Wna' i ddim gwahardd gwasanaeth."

"Os siarada' i hefo ti fel gweinidog am ychydig, wnei di wrando arna' i?"

"Mi wrandawa' i ond dydw i ddim yn addo dim mwy."

"Campus."

Am weddill y daith bu'n ceisio yn ei ddull pwyllog ei hun fy argyhoeddi y dyliwn ailgydio yn y ffydd Gristionogol. Chwarae teg iddo, wnaeth o ddim pregethu ata' i, dim ond gwneud ei ddyletswydd yn garedig ac yn gwbl ddiffuant. Yr oedd hi'n fwy o gamp gwrthsefyll ei ddiffuantrwydd na'i ddadleuon o, yn haws ymateb i'w garedigrwydd na'i gyffes ffydd.

Dewisodd y ffordd drwy Fethesda ac Eryri yn hytrach na ffordd yr arfordir. Yr oedd yn adnabod pob mynydd wrth ei enw ac wedi dringo neu gerdded pob copa.

"Pan oeddwn i'n fyfyriwr ym Mangor flynyddoedd yn ôl, dyna fydda' fy mhrif ddiddordeb i. Cerdded a dringo mynyddoedd. Ddim dringo ochrau creigiau efo rhaffau, cofia di, ond cyrraedd y copa er mwyn cael mwynhau golygfa, ac er mwyn cyrraedd y copa. Roedd hynny yn bleser ynddo'i hun. Rhyfedd, yntê, dyn mynydd fûm i erioed, fawr o ddim i'w ddweud wrth fôr. Gweld y môr yn anwadal tra mae'r mynydd yn gadarn ac yn sefydlog."

Fe gymerodd ddwyawr inni gyrraedd yr ysbyty. Aethom yn syth i'r swyddfa. Yr oedd Mr. Lewis yn gyfarwydd â'r adeilad ac yn gwybod yn union beth i'w wneud.

"'Stedda di'n y fan yma tra bydda' i'n gwneud ychydig o drefniadau, Huw. Mi ddaw y doctor yma cyn bo hir."

Bu yn y swyddfa am gryn ddeng munud. Clywais ddwy neu dair o alwadau ffôn o bell ond doedd dim modd deall rhediad y sgwrs. Yna fe gerddodd Dr. Parry i mewn. Gwelodd fi yn eistedd yng nghyntedd y swyddfa a daeth ataf.

"Mae'n ddrwg gen i. Mi wnaethom bopeth o fewn ein gallu."

"Wnaeth hi ddiodda'?"

"Na, dydw i ddim yn meddwl. Mi fuo hi mewn *coma* am dair awr cyn y diwedd. Hynny ydi, doedd hi ddim yn teimlo poen yn ystod y cyfnod hwnnw."

"Wela' i."

"A . . . Huw, efallai fod hyn er gwell. Pe bai hi wedi dod dros y trawiad ola' 'ma, mae'n bosib y byddai wedi cael effaith barhaol ar yr ymennydd. Yn fy marn i mi fyddai byw felly . . . yn waeth."

"Mi rydw i wedi bod yn yr uffarn honno."

"Beth?"

"Mi fûm i yn y ward honno lle'r oedd y merchaid hynny."

"Do. Fy ngwaith i fel meddyg ydi achub a chynnal bywyd . . . mi fydda i'n meddwl weithiau y byddai'n fendith . . ."

Aeth i mewn i'r swyddfa. Ymhen llai na munud yr oedd ar ei ffordd. Agorodd Mr. Lewis ddrws y swyddfa a galw:

"Huw, tyrd yma am foment. Mae'n rhaid i ti arwyddo'r rhain. Dyna fo, yn y fan yma, ar hon, ac wrth flaen fy mys i, ar hon. Dyna fo, mae'r cyfan wedi ei drefnu. Diolch yn fawr i chi, gyfaill."

"Y, Mr. Lewis, fuasai'r gŵr ifanc yn hoffi gweld ei fam."

"Na."

"Na, mi awn ni'n dau rŵan a diolch unwaith eto am eich cymorth. Pnawn da."

Aethom yn ôl ar hyd yr un ffordd. Tawel oeddem ill dau am rai milltiroedd.

"Dyn clên oedd y meddyg . . . be' oedd ei enw fo . . . Parry?"

"Ia."

"Dweud dy fod ti'n fachgen ifanc dewr, yn aeddfed iawn i dy oed."

"Dydw i ddim yn teimlo'n aeddfed. Gawsoch chi ryw wybodaeth?"

"P'nawn Llun fydd yr angladd, Huw. Mi ddown ni yma efo'r hers i nôl dy fam yn y bora. Mi drefna i'r angladd am ddau."

"Mi ddowch chi efo mi?"

"Wrth gwrs. Fyddwn i ddim yn breuddwydio gadael iti ddod yma dy hun, ac mae'n well inni ei nôl hi adref."

Roedd Capel Bethel yn llawn diwrnod angladd fy mam. Cymdogion, cydnabod a dieithriaid, pawb yn ei ddu, wedi ymgasglu o bob cwr o'r sir. Yn gylch yn y Sêt Fawr roedd rhes o weinidogion dyddiau fy mhlentyndod, ac yn y llawr flaenoriaid ac aelodau fyddai'n tarfu cymaint ar aelwyd Tŷ Capel ers talwm. Ers talwm? Ychydig dros flwyddyn oedd er i ni adael Tŷ Capel.

Eisteddais ar y chwith yn y sedd flaen. Yr oeddwn yn ymwybodol o sawl pâr o lygaid yn gwylio pob symudiad wnawn i. Cyhoeddwyd yr emyn cyntaf gan y gweinidog ei hun. Canwyd yr emyn cyfarwydd gydag arddeliad a sŵn y môr o leisiau'n llenwi'r capel. Caed yr un arddeliad yn narllen Gruffudd Jones, Amlwch:

> ". . . Ac os pregethir Crist, ei gyfodi o feirw pa fodd y dywed rhai yn eich plith chwi, nad oes atgyfodiad y meirw. Eithr onid oes atgyfodiad y meirw, ni chyfodwyd Crist chwaith. Ac os Crist ni chyfodwyd, ofer yn wir yw ein pregeth ni, ac ofer hefyd yw eich ffydd chwithau . . ."

Dyma'r tro cyntaf i mi wrando o ddifrif ar y geiriau. Dadl gylch oedd yma. Roedd rhaid derbyn atgyfodiad Crist cyn bod ystyr i nac atgyfodiad na ffydd na phregethu. Os nad oedd Crist wedi atgyfodi yr oedd yr holl rethreg yn syrthio. Os nad oedd man cychwyn y ddadl yn wir, y sylfaen, roedd rhesymeg y ddysgeidiaeth yn ddiffygiol.

Yna cododd Mr. Lewis ar ei draed a thalu teyrnged i fy mam. Do fe ddefnyddiodd ambell i ystrydeb wrth ddisgrifio cyfraniad teulu bach Tŷ Capel. Soniodd am ' ddrws agored ' ac am ' aelwyd siriol ' ac am ' gwlwm cariad '. Fe beidiodd ei eiriau â bod yn ystrybedau am ei fod mor ysgytwol o ddiffuant. ' Ac er iddi hi ddioddef poen colli cymar, er iddi dorri dan faich y brofedigaeth, fe gofia' i tra bydda' i byw gerdded i mewn i'r cartref bach am y tro cyntaf. Yno, yn ei ddillad gwaith, yr oedd Dafydd Morris, ar ei lin yn llawn direidi ac afiaith roedd Huw yn blentyn pedair oed, a Marged Morris yn gosod y bwrdd. Mi fu raid imi ymuno efo nhw yn eu pryd bwyd. A dyna'r darlun fydd yn byw efo mi, wedi ei argraffu ar y cof, y wraig dyner, hael ei chroeso, y fam gariadus. A dyna, gyfeillion, y darlun cyflawn. Hi gyda'i phersonoliaeth ddiymhongar wnaeth aelwyd Tŷ Capel Bethel yn destun eiddigedd yr holl Henaduriaeth. '

Yna, fe ganwyd fy hoff emyn, ' O Iesu mawr rho'th anian bur, ' ar y dôn ' Llef ' a theimlais wefr y canu yn cydio yng ngwaelod fy ymysgaroedd a'r emosiwn yn codi bron hyd ddagrau. Yr oedd y weddi'n fer ac yn llawn o rin yr hen eiriau cyfarwydd.

Yr un oedd y teimladau ar lan y bedd. Ar waetha' dyn yr oedd geiriau yn treiddio drwy amddiffynfeydd rheswm. Casglodd y dorf yn eu du o gwmpas y bedd agored, llefarwyd y geiriau, cyflawnwyd y weithred a chwblhawyd y ddefod. Y ddefod oedd yn hŷn na Christionogaeth. Y ddefod oedd yn ceisio herio'r ffaith mai marw yw diwedd dyn.

Wedi'r angladd daeth ambell un ymlaen a chydio yn fy mraich a chynnig gair o gydymdeimlad. Yr oedd rhai wynebau anghyfarwydd ond, gan mwyaf, pobl y filltir sgwâr oedden nhw. Gwelais Helen Parry a Bethan yn sefyll i aros eu twrn cyn dod ymlaen. Cyfarchodd Helen Parry fi'n ffurfiol fel y gwnâi pawb arall. Fedrai Bethan yngan yr un gair. Roedd ei llygaid yn goch gan ddagrau.

Araf fu'r ffarwelio wrth i bawb fynnu ei hawl. Wedi i bawb fynd aeth Modryb Gwen a minnau am de i dŷ'r gweinidog. Fel y cerddem i fyny llwybr yr ardd yr oedd sŵn chwerthin a rhialtwch yn dod o'r tŷ.

"Ia, Mrs. Jenkins," medda' Huw Saer, "os prynwch chi un o eirch pobol Caergybi 'na, mi fydd pen ôl ych gŵr allan drwy'r gwaelod cyn pen pythefnos."

Daeth bloedd arall o chwerthin. Pan gerddodd fy modryb a mi i mewn gwelsom fod tri gweinidog eisoes wrth y bwrdd ar ganol bwyta. Ar amrantiad distawodd yr hwyl, dwysaodd yr awyrgylch a gwisgodd pob gweinidog ei wep angladdol.

Daeth Mr. Lewis drwodd o'r gegin gefn yn cario cacen anferth.

"O, dyma chi. Eisteddwch a helpwch eich hunain i'r bwyd."

"Ia," meddai ei wraig oedd yn cerdded y tu ôl iddo fo, "mae digon o fwyd yma i borthi tair mil a thri gweinidog."

Yr oedd hi wedi clywed y stori ac yn anghymeradwyo. Yr oedd hefyd yn gobeithio na chlywodd fy modryb a minnau hi. Doeddwn i ddim dicach wrth yr un o'r tri, ond rywsut fe lwyddasant i dorri hud y geiriau a glywais ar lan y bedd.

Aeth fy modryb adref gydag un o'r gweinidogion. Ar ôl diolch am garedigrwydd y gweinidog a'i wraig cychwynnais innau am adref. Addewais beidio â chadw'n ddieithr ond fe wyddem ni'n dau pa mor wag oedd yr addewid.

Agorais y drws cefn a cherdded i mewn. Be' wnawn i? Euthum drwy'r tŷ o 'stafell i 'stafell yn twtio yma ac acw. Ar wahân i haen denau o lwch yr oedd pob ystafell yn daclus. Dringais y grisiau a thwtio'r dillad oedd yn dal ar lawr lle gadewais i nhw. Fe fyddai'n rhaid i mi wneud hyn yn gyson o hyn ymlaen os penderfynwn aros. Agorais ddrws llofft fy mam am y tro cyntaf er iddi hi gael ei tharo'n wael. Yr oedd yr ystafell fel pin mewn papur. Gwaith yr hen Elin Jones mae'n debyg. Doedd dim arlliw o ôl gwaeledd, ac roedd ei phethau hi, ei choban, ei brws gwallt a'i chrib, yn eu lleoedd arferol yn disgwyl. Pethau bach, manion dibwys ynddynt eu hunain, sy'n codi chwithdod. Roedd llofft Mam yn llawn o gysylltiadau, y darnau dewis dethol oedd yn gymaint rhan o'r hyn oedd hi.

I lawr yn ôl â mi a chamu i mewn i'r parlwr a chofio 'Nhad yn dweud cystal golygfa fyddai i'w chael drwy'r ffenestr fawr. Er fod dail ar y coed a'r gwrych gwyddfid yn blastar o flodau gallwn weld Tŷ Pren a'r môr yn glir.

Ymhen cwta chwarter awr yr oeddwn yn curo'n ysgafn ar ddrws agored Tŷ Pren.

"Fi sy' 'ma, Huw."

"Ty'd i mewn, Huw bach. Roeddwn i yn rhyw hannar dy ddisgwl di."

"Fedrwn i ddim aros dim hwy ar fy mhen fy hun. Maen nhw i gyd wedi mynd, rŵan."

"C'nebrwn mawr. Mi ddois i cyn bellad â'r fynwant . . . Wyddost ti, fachgan, fedrwn i yn fy myw ga'l hyd i fy siwt . . . byth yn 'i gwisgo hi wel'di. Mi ges i edrychiad go od gan amball un."

"Mi 'dwi'n falch i chi ddŵad . . . mi roedd 'na lawar

un yno nad oeddwn i'n 'i ddisgwl."

"Ma' claddu yn sobri pobol. Mae rhai yn dŵad i angladd er mwyn dŵad, ma' lleill yn dŵad i ddangos parch a lleill . . . ond nid dyna oeddwn i am i ddeud . . . Sut wyt ti'n teimlo Huw, 'ngwas annw'l i?"

"Cymysg."

"Mi wn i. Pob math o syniada'n gwibio drwy dy ben di a theimlada'n mynnu brigo i'r wynab."

"Roeddwn i'n arfar bod mor siŵr . . . pobol roedd gin i ffydd ynddyn nhw . . . a chanllawia' solat . . . wn i ddim bellach . . . Ydach chi'n cofio achub 'y mywyd i ers talwm pan ges i fy nal gan y llanw a dechra' dringo?"

"Cofio fel doe, fachgan."

"A chitha'n taflu rhaff imi."

"Wel ia. A choeli di ddim, mi roeddwn i ofn am 'y mywyd iti syrthio cyn iti gydio'n y rhaff."

"Mae gin i angan rhaff rŵan, John Jones."

"Wn i ddim oes gin i raff i'w chynnig iti . . Un peth oedd dy godi di'n un darn i ben clogwyn . . . wn i fedar neb . . . ? Wel mi fedra' i fod yn ryw lun o raff angor os byddi di angan . . . ac mi fydda' i yma bob amsar i wrando."

"Roedd petha'n arfar bod mor syml. Pan oeddwn i'n hogyn bach mi welais i 'hedydd yn codi o lethra Bonc Tudur, . . . codi'n syth i'r entrychion a dechra' canu. Dyna'r gân dlysa' gl'wais i 'rioed . . . Ac mi ges i deimlad . . . teimlad y baswn i'n hoffi codi fel 'na ryw ddiwrnod . . . a chanu fy nghân i."

"A be' ar wynab daear sy'n dy atal di?"

"Maen nhw wedi sigo f'adenydd i . . . ac mae alaw'r gân wedi mynd am byth. Chana' i byth eto."

"Mae 'na gerdd gan rywun . . . aros di . . . Blackwell . . . Alun Blackwell . . . cerdd i'r eos, dyna hi . . . mae hi'n dŵad yn ôl . . . lle mae o'n sôn fel mae poen yn medru esgor ar gân . . . y chwerw yn felys . . . sut mae'r geiria'n mynd hefyd . . . ? Aros di:

' Yn nyfnder nos o boen a thrais
Y dyry lais felysaf '

. . . ac mi roedd na ddarn cyn hynny . . . ' Cathl i'r Eos ' ma' hi'n dŵad yn ôl yn ara' bach:

' Ac os bydd pigyn dan dy fron
Yn peri i'th galon guro,
Ni wnei, nes torro'r wawrddydd hael,
Ond canu, a gadael iddo. '

Roedd Alun Blackwell wedi rhoi 'i fys ar rwbath go lew yn y fan yna . . . dydi profedigaetha' ddim yn para'n ddolur am byth . . . ac ma' galar yn medru troi'n ddarn o gelfyddyd."

"Gweinidog oedd o?"

"Pwy?"

"Blackwell . . . awdur y gerdd 'na?"

"Ydi o wahaniaeth beth oedd 'i waith o?"

"Mae o i mi . . . 'Tasach chi wedi gweld nhw . . . yn sanctaidd yn y Sêt Fawr . . . yn darllan a gweddïo . . . yn argyhoeddi . . . a wedyn . . . yr union bobol yn chwerthin a chadw reiat . . . yn stwffio'u bolia . . . fel 'tasan nhw mewn te parti . . . dyna . . . dyna werth geiria' gweinidog."

"Dynion ydi gweinidogion 'sti, fedri di ddim gwrthod . . ."

"Mi roeddwn i wedi disgwl mwy ganddyn nhw . . . wedi 'u gosod nhw ar . . . wn i ddim. Mi rydw i wedi ca'l llond bol . . . Mi hoffwn i godi fy mhac a thorri'n glir oddi wrth bobol . . . 'i heglu hi i rwla, . . . ddim gwahaniaeth i ble."

"Mi wnaet gamgymeriad."

"Dyna wnaethoch chi . . . torri'n rhydd . . . bod yr hyn ydach chi heb hidio'r un botwm corn am neb."

"Paid â modelu dy hun arna' i. Mi fydd yn dda iti wrth bobol, 'sti. Mi rwyt ti'n greadur mwy cymdeithasol na fi . . . yn well cymysgwr . . . fuom i 'rioed yn ddyn cyhoeddus."

"Ond mi rydach chi'n byw ar ych telera' chi . . . wnaethoch chi ddim cyfaddawdu."

"Fuo hi ddim mor syml â hynny . . . Mi fedri di fod yr hyn wyt ti heb godi dy bac . . . ac os oes gin ti gân i'w chanu, ma' hi bownd o ddwad i'r wynab . . . Dos yn ôl i'r ysgol, ac ymlaen i Brifysgol."

"Aros yn Nhŷ Brith?"

"Dyna wnawn i . . . a chymysgu unwaith eto efo bechgyn a merchaid o'r un oed â ti . . . a galw yma'n weddol gyson i roi'r byd yn 'i le. Mi fydda' i yma."

"Byddwch, mi wn i hynny."

"Ac mi fydda' i'n falch o dy gwmni di. Mae hyd yn oed John Jones, Tŷ Pren yn ca'l plycia' o unigrwydd."

Ar fy ffordd yn ôl penderfynais gerdded ar hyd godre'r creigiau. Cyn hir roeddwn i ar Draeth yr Hafod. Cofiais fel y bu Hywel Bryn Marian a minna'n pledu cerrig i'r dŵr ar ddiwrnod o haf flynyddoedd yn ôl.

Codais garreg lefn a'i mwytho yn fy nwylo. Roedd hi'n garreg sglefrio werth chweil. Roeddwn i ar fin ei gyrru hi ar hyd wyneb y môr pan gofiais i am hynt y garreg arall honno. Gollyngais hi. Doeddwn i ddim am demtio ffawd yr eildro.

Wrth imi ymlwybro ymlaen deuthum ar draws gwylan lwyd oedd yn hercio mynd ar hyd y gro bras. Roedd hi'n gloff afrosgo. Sylwais fod gwaed wedi ceulo ar ei choes chwith. Wrth i mi nesáu dychrynodd. Cythrodd ymlaen, a chan ysgwyd ei hesgyll yn wyllt, cododd i'r awyr. Dilynais ei hynt. Trodd yn osgeiddig mewn cylch araf. Daliwyd hi gan belydrau'r haul. Aeth llwyd ei hadenydd ar amrantiad yn ddisglair lân.